いつかはきっと一元論

みすゞに学ぼう、古くて新しい生き方

橋沖百亀
Hashioki hyakkame

文芸社

いつかはきっと一元論

みすゞに学ぼう、古くて新しい生き方

もくじ

まず、数多い書籍の中から本書を手にしていただき、ありがとうございます。これも多生の縁かと喜び感謝し、貴方様、いや皆々様のご多幸をお祈り申し上げます。
さて、二十世紀は、豊かな物の溢れる便利で素晴らしい時代でありながら、戦争と環境破壊の世紀でもありました。
そしてこれらは、
人間―頭脳―科学経済―力―競争―奪い合い―ピラミッド―物質文明
などの、「二元論」の今の生き方から生まれています。
それゆえ二十一世紀は、この対極にある、
自然―心―民主政治―愛情―共生―譲り合い―ネットワーク―精神文明
などの、「一元論」の生き方に改めた方がいいようです。
※一・二元論……本書のキーワード第二章参照。
しかし、改める、すなわちこの一元論は、今の生き方の二元論の常識とは正反対なので、な

かなか受け入れられません。

地球や心身の自然な環境を破壊し尽くし、絶望の淵に立たされて初めて、本気で改めるようになるでしょう。

でも、有限資源で消費拡大が不可能なことぐらい、誰が考えても明らかで、ただ、自分たちの時代に行き詰まらない（だろう）から平気なだけで、このまま消費拡大、景気・経済を上げてゆけば、石油・ボーキサイト・森林などは今世紀中に底をつき、日本経済の破綻は間違いないでしょう。

そうなれば、物質依存の今の生き方はできなくなり、必然的に正反対の一元論に戻らざるをえなくなると思われます。

だから心ある人たちは「ライフスタイルを改めよう」「相手の立場に立つ温かい心を」「心の時代」などと、今から叫んでいるのです。

でもこの一元論は、私自身の体験で取得したものではなく、頭でこね回し、頭に訴えていただけなので、さっぱり伝わりません。

そんな折、金子みすゞの童謡に出合い、心で歌っている彼女の歌は、一元論そのものと感じ、心の不足する今の時代に最適なものとして、ライフスタイルを改める素地づくりに、ぜひ利用させてもらいたいと本書を記しました。

言葉少なく飾り気のない彼女の歌には、優しく素直な温かい思いやりの心が、たくさんたくさん詰まっており、今の時代に必要な天の理・地の理が充満しています。

だから、心に響き感動して直接伝わり、私の頭での訴えを補完してくれると思います。

「心の時代」と心が待ち望まれるほど、心を眠らせ働かせない私たち。その眠った心が、感動して震え、目覚めるのだから、彼女はまさしく心の時代にふさわしい、心の童謡詩人だと思います。

みすゞの深い愛情と優しい思いやりが、多くの人々に伝われば、「戦」で力の流れを引き継いで幕開けした二十一世紀の流れを、愛の流れに変える下地をつくり、ひいては、戦争のない、自由で平和で幸せな社会に向かうものと思います。

彼女を掘り起こしてくれた矢崎節夫さんに感謝し、もう一度、二十一世紀に再登場し、心の童謡詩人として生き続け、私達の心を眠りから覚ましてほしい、彼女の歌に接すれば、きっと心が目覚める、と期待してこれを記しました。

なお、この一・二元論は、前述の通り勝手に考えた仮説であり、まだ不充分ですが、こういう切り口で見てみると、今まで見えなかったことも見えてきて面白いと思います。是非ご覧になってください。きっと、今まで以上のみすゞの凄さを感じるかと思います。

第一章　ライフスタイルを改めよう

《問題・災難は未来からの警告》

交通事故は、安全運転を怠ると死ぬぞ、
ボヤは、火の始末をしないと全焼するぞ、
赤字は、始末しないと倒産だぞ、
病気は、養生しないと短命に終わるぞ、
などなど、問題やトラブルは、今のままではより重篤な災難になるぞ、今の生き方を改めなさい、という、未来の「より大きな災難に遭った自分」からの警告、天からの忠告とも受け止められます。

《問題は自分の生き方にある》

様々な社会問題も同様で、それらは、私たちの生活の結果、あるいはその関連事項から起きており、未来の社会からの警告です。

だから、根本的解決を望むのなら、生き方を改めるべきです。そして様々な問題は、結局は、自分さえ……今さえのエゴから生まれており、相手や他人の立場にならない、自分中心の生き方である利己主義が、環境や介護などの様々な社会問題をつくっています。

そして、すべての行動の源は心だから、今、「ライフスタイルを改めよう」とか「相手の立場に立つ優しい心」とか「心の時代」などと叫ばれているのです。

《相手の立場に立たせてくれる》

でも私たちは、相手や他人が負けて悲しんだら自分は勝つという、非情な競争社会の生き方をしているから、相手の立場に立つ余裕など持てず、相手や他人のことなどどうでもよいと、自分の成績・自分の利益を追求する心で暮らしています。だから、そんな人がいくら叫んでも、建前と分かってとても伝わりません。

でも、みすゞは本音・本心から相手の身で詠んでいるので、優しさが乏しくなった私たちの心に衝撃と感動で、「相手の立場に立つ心」を伝えてくれます。

心の時代にふさわしいみすゞの歌に、多くの人が接し、彼女の優しい心が伝わり、私たちの心がよみがえり浄化されれば、戦争も争いもない平和な社会になるのではないか、ぜひそうあってほしいと、みすゞの歌をＰＲしたいと思います。

《二十一世紀にふさわしい愛と心の詩人》

今は技術・経済など、「力」による競争時代。その元となる知能・頭脳・力が重視され、「心」は慈悲や情けを生んで譲り合うからと、敬遠される時代です。

だから「心の時代」と、「心」が望まれるが、社会も個人もすっかり競争モード、競争が心や情けを遠ざけ、頭と力を重用します。それゆえ、お金や肩書きなどの競争手段が一切通用しない、臨死状態や食糧資源枯渇に遭わないと、心の重要性には気づきません。

みすゞは命をかけて我が子を守った如く、心から相手・弱者の立場で詠んでいるので、私たちの心に響き心に刻まれます。まさしく、みすゞは、愛と心と助け合いの時代にふさわしい、心の詩人だと思います。

誰にもいわずにおきましょう。
朝のお庭のすみっこで、
花がほろりと泣いたこと。
もしも噂がひろがって、
蜂のお耳へはいったら、
わるいことでもしたように、
蜜をかえしに行くでしょう。

みすゞの歌は、どれもこれもこの「露」のように、相手の立場に立つ優しさが秘められています。一元論を解説しようとすると、どうしても理屈っぽくなり、硬い文章になるので、一元論を見事に表現している飾り気ない、分かりやすい彼女の詩歌を利用させてもらうことにしました。

彼女の多くの歌に一元論的な思いが詰まっており、彼女の「凄さ」も感じることができるのですから……。

それ故、できるだけ多くの歌を紹介したいと思いますが、本書は『金子みすゞ童謡集』ではありませんので、彼女の歌に接するのはそれらの書物に譲るとして、ここでは、各項目で一編のみを例題として掲げ、その他に、その内容や感じたことを記して、その都度、その題名を付して参考に供したいと思います。

先に掲げた「露」のように、相手の立場に立った歌には他に、

「麦のくろんぼ」

「墓たち」

「打ち独楽」

「お魚」

「楊《やなぎ》とつばめ」

「紙の星」

「雀の墓」

「初あられ」

などがあります。たとえば「麦のくろんぼ」などを読むと、病気蔓延の元として嫌われ、抜かれてしまう、病気に冒されたくろんぼ麦にさえ優しい思いを寄せ、こんな心で処分されれば、くろんぼ麦も成仏できるのではないかとさえ思われます。

「雀の墓」など、墓を多く歌うみすゞを気味悪がる人もいますが、人の嫌がる弱者の身になる彼女の強さと優しさを窺い知ることができます。

「楊とつばめ」では、長旅を案じていた楊が、日本に戻ってきたつばめとの再会を喜んで語りかけますが、〝渡り〟の途中で死んだ友を思って、つばめは無言で水面を飛んで行きます。友思いの無念さが溢れる詩です。

「紙の星」では、ある夏のこと、入院していた病院の壁を眺め暮らして、その壁の汚れや雨の染み、蜘蛛の巣、そしてメ、リ、ー、ク、リ、ス、マという文字の書かれた七つの紙の星を見ながら、去年のクリスマスの頃、このベッドにどんな子供が寝かされていたのかと思い、その見知らぬ子供を案じています。

このような他人思いの歌に感動する人が、嘘の食品表示で人を騙したり、国会に証人喚問されたりするようなことをするでしょうか。

現在のライフスタイルは、*実存主義の物質文明に準拠しているから、私たちは見える表面しか見ず、見えない他人の立場を考えず、自分の側からしか対象物を見ようとしません。相手の立場に立ち、相手を気づかう心があれば欲望を抑えることもでき、済まないと詫びることもできるし、感謝もでき、無駄な殺生、食い散らかし、食べ残しを止め、ゴミにせず、殺した命を無駄にするようなこともなくなるでしょう。

某大手食品メーカーのような、分からなければ何をやってもいいんだという姿勢は、見えぬものしか認めない実存主義そのものだと言えます。いや、このメーカーに限らず、偽装や情報隠しなど、さまざまな社会問題の、分からなければ構わないとするその根底には、分からなければ何をやってもいいんだ、どうせ見え難い所は見ようとしないから、という、見えるものしか認めようとしない実存主義の、今のライフスタイルがあるのではないでしょうか。

こんな時代だからこそ、金子みすゞの飾り気のない素直な詩歌に触れてもらいたいと思います。人間の身勝手さ、傲慢さが問い質されるような思いがすることでしょう。

※実存主義……ここで言う実存主義は、哲学としてのものではなく、実際に存在し、確認できるものしか認めない、見えないものは信じない主義という意味です。

雪

誰も知らない野の果《はて》で

青い小鳥が死にました
　さむいさむいくれ方に

そのなきがらを埋めよとて
お空は雪を撒《ま》きました
　ふかくふかく音もなく

人は知らねど人里の
家もおともにたちました
　しろいしろい被衣着《かつぎき》て

やがてほのぼのあくる朝
空はみごとに晴れました
　あおくあおくうつくしく

死んだ雀の墓を建てようとしたら、訳あって建てられなくなってしまったけれど、木切れでつくった墓標は捨てられない、そんな優しさを詠んだものが「雀の墓」ですが、引用しなかった歌も子供たちと一緒に読んでみて下さい。飾り気のない素直な彼女の歌を見れば、感動一入《ひとしお》だと思いますから……。

小さな鳥の死を悼み、とむらいまでする優しさ。木切れの墓標さえ捨てられない、そんな優しさがある人が、弱者をイジメたり、他人を平気で蹴落とすでしょうか。

一生懸命努力して、知能・技術・経済力などの力をつけ、競争して高い地位・権力・高給、便利・快適・豊かさ、進歩・発展を得ようとする今のライフスタイルに、最も欠けているもの、それが**相手の立場に立つこと**であり、それがみすゞの歌から伝わり、育つでしょう。

トタン屋根の多い北国では、時雨と前後して降るあられの音は、寒さを感じさせてくれます。「初あられ」という詩を読むと、その音を一層印象深くするのは、春は賑やかに皆で飾られていたのに、今は暗いお蔵の片隅に、ひとつひとつ別々に淋しく置かれた雛を思う優しさではないかと思われます。

人も、誰かから思われていれば、淋しくても希望も湧くでしょうし、他を思っていればどこかの役所のような〝情報隠し〟などはしないでしょう。
みすゞの歌には、友情、思い、つながり、優しさなど、今の世に欠けたものがいっぱい詰まっています。引用できなかった「初あられ」なども、是非読んでいただきたいと思います。

《弱者の立場に立つ》

競争社会は、勝った強者が負けた弱者を雇って大きな利益を上げる、強者中心、弱者軽視の社会です。

だから弱者は、新たな敗者をつくって、強者になろうと努力するので、常に弱者が底辺でしいたげられて、決して**みんなが幸せにならない社会**です。

みすゞの歌に感動するのは、私たちも、本心や良心では手助けしたいのに、競争で本心が働かないようにしているから、そんな本心があるとも知らず手助けしない、なのに彼女は、そんな弱者の身になって詠んでいるから、消えていた私たちの本心も、カルチャーショックを受け、波長が同調し感動してよみがえるからではないでしょうか?

※弱者軽視の社会……弱者が利用される社会、と言った方が的を射ている。

叱られる兄さん

兄さんが叱られるので、
さっきから私はここで、
袖無しの紅い小紐を、
結んだり、といたりしている。

それだのに、裏の原では、
さっきから城取りしている、
ときどきは鳶もないている。

助けられないはがゆさを、何も知らない子供たちや鳶にまでぶつけています。弱者を助けるのは当たり前、と思っていなければ詠めない歌ではないでしょうか。

「打ち独楽」という歌では、禁止されたメンコやパチンコをしたいが、遊ぶどころか自由に動けない草木や石の立場になって、それらを思う心を詠んでいます。

草木や石など、動けないのは個性なのに、みすゞは同情さえしています。でも私たちは、個性どころか、彼らを殺して利用しています。

私たちが彼らの身になれないのは、今の生き方が「考える葦の人間が一番」、人間は別格とする人間中心主義になっているからです。

そしてこれは、自分と他に分けて、自分さえ……、とする利己主義と同じ根っこから生じており、ともに人間が人間が、自分が自分がという優越感から生まれ、共に他と区別し、比較・競争して自分が優秀・優勢・有利になろう、そのため力をつけようという、今の、力の論理の西洋物質文明から生まれています。

この、力の論理による強者中心の、相手の立場に立たず弱者などどうでもいいとの、強者中心・自分中心の利己主義、つまり、**自分と他のものと分けて扱う差別意識**が、動植物の身にならぬばかりか、弱者の立場に立たずに、環境・医療・財政などの様々な社会問題の根底になっています。

それゆえ、常に相手の立場になって詠んでいるみすゞの歌は、利己と競争で心を忘れた今の人たちや社会には、まさに旱天の慈雨とも言え、ぜひ広めていただきたいと思います。

相手や弱者の立場に立って詠んだものに、

「月のひかり（二）」

「夢売り」

「家のないお魚」

「やせっぽちの木」

「あけがたの花」

などがあります。


なぜ私達は、弱者の身になれず助けようとせず、イジメまでするのでしょうか。

それは、今のライフスタイルが強者中心で、強者に従わなければ反抗者としてやっつけるから。競争で勝つ快感を覚え、いじめる快感を育てるから。でも、みすゞは弱者側に立ち、そんな心を育ててくれます。

《イジメがなくなった》
山口県のある学校の三年生のクラスでイジメがあり、先生が手をつくしても収まらない。
そんな中で、ふとしたことから、みすゞの童謡を読んで先生の感想を話していたら、いつの間にか生徒はそれを「みすゞタイム」と言って心待ちするようになりました。

そんなある日、イジメられていた子のお母さんから手紙が届き、

「最近、子供がよくごはんを食べるし、よくしゃべるようになり、聞いたら、イジメられなくなった、友達が遊びに誘ってくれるし、勉強も教えてくれる……。もう、うれしくてうれしくて」（童謡集『明るいほうへ』より）

みんなに、みすゞの心が伝わったらどうなりますか。

いじめてはいけない、相手の立場に立つ優しい心を、といくら教えても、競争教育で**自分の成績を追求する**利己心や、他人と比較しての強さや差別を教えているのだから、とても伝わりません。

それでも、みすゞの歌を心待ちするようになり、イジメまで止むのですから、私たちも毎日一編、※日めくりででもみすゞの歌を読めば、自分さえ……、とのエゴにも気づき、相手の立場に立たない今のライフスタイルも、少しは考えてみるのではないでしょうか。

いずれにせよ、競争で忙しく、心を失《な》くしている私たち、見えない心を重視しない今の生き方に、最も必要で効果あるものの一つ、それがみすゞの歌ではないでしょうか。

※『朝焼小焼だ大漁だ・日めくり・金子みすゞの世界』（JULA出版局刊）というのもあります。

第二章　二元論化する文明社会

聞きなれない言葉ですが、本書のキーワードであり、面白いと思いますので皆さんも考えてください。

《一元論》

同じ窓口にまとめて、一本化することを一元化と言います。また、「俺」も「お前」も宇宙から見れば大差なく、同じ人間として同一視できます。違ったものでも、おのおのの共通項を超々拡大解釈して、小異を捨て大同から見て皆同じとするものを一元論と言います。

すると、A＝B＝C……＝Z＝Aとなり、これは変化や循環を示し、厳格でないラフな性格も示しています。

だから一元論は、命や愛情など、変化し循環し分けられないものに適合します。

従って、相手の立場になるものは一元論となり、一元論では全部同じものとして、全部を一まとめにして、全部を一つ、すべては一つ、としています。

かなりいい加減ですが、あいまいな性格があり、いい加減なものに適合し、多少のことにとやかく言わず、こだわりません。

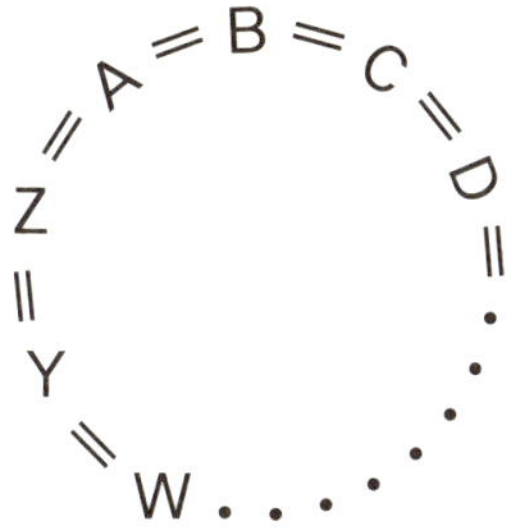

見えないものは分けられないので一元論。はっきり分からぬ神魂を認め、すべては見えないところでつながっているという循環思想があるのが一元論。

《二元論》

分けることを二元化と言いますが、差を見つけ差を作って、別、別、別と分けて考える考え方を二元論と言います。

分けると差が生じ、差別、比較・競争・争いを生み、少しでも差があるとそれを排除し除《の》け者にするので、優生論や細分化・専門化に進み、あいまいを許さずイジメの元。

したがって、二元論は力を生み、生まれた力で争うから進歩発展の元だし、比較・調査・研究に最適ですが、差（誤り）に厳しく、正確を要求するので、物や機械に適合し、人や生きものを物や機械に変えてゆき、力・競争力はつくが情けを失わさせます。

分析力の要る経済・効率・技術に適しますが、A≠B、「俺」と「お前」は別、**関係ないとして、血が通わず、**人情・優しさ・温かみ、愛情・友情・感謝・慈悲、譲り合い、助け合いなど、生きものの自然な要素を減滅させる考え方です。

西洋に機械文明が発達し、物を限りなく豊かにしたのは、植民地から奪う力と、機械や物、技術や頭脳がおのおの二元論で相性が良かったからです。

《一・二元論のいろいろ》

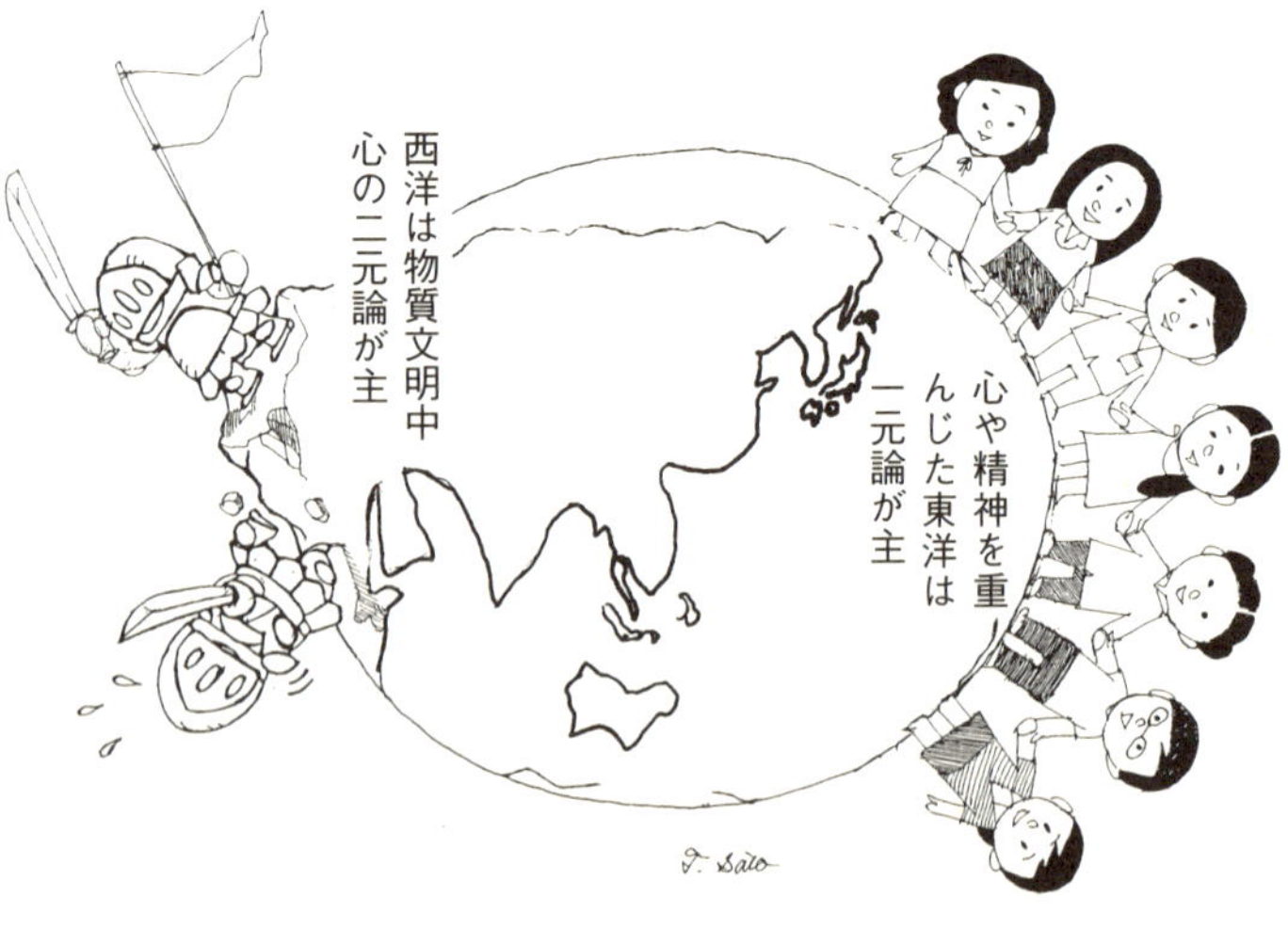
西洋は物質文明中
心の二元論が主
心や精神を重
んじた東洋は
一元論が主
T. Sato

ジジババはイヤと別居するのは二元論。

知らぬ人でも「いいから……」と宴会に引っ張り込むのは一元論。

実力をつけたタレントなどが独立して行くのは二元論化。（分散化は二元論）

遭難して一かたまりになって助け合うのは一元論化。（集合化は一元論）

よその既婚者同士で忍んで行くのは二元論化の始まり。（バラバラは二元論）

男女がホテルに忍んで行くのは一元論化。（一体化は一元論）

コンビニ・外食は二元論。（自分のことも他人にやらせるのは二元論）

おふくろの味、家庭での食事は一元論。（自分のことは自分でするのは一元論）

イジメは二元論。

助け合いは一元論。

《弱者の身になる一元論》

後述の「草の名」や弱者の立場で詠んだ「あけがたの花」でも、彼女はバラや菊のように誰でも知っている花ではなく、名も知らぬ草花を詠んでいます。名なしの草木や石、という弱者の立場に立ち、彼らと同じ身になり同じ側から見るから、優しさ・思いやり、温かさ・人情味など、人として本来持っているものが現われるのではないでしょうか。

このような（相手の立場になる→相手になりきる）歌の要素、それを詠むみすゞは、まさに一元論。彼女の歌に接していれば、二元論化の進む社会で、どんどん減滅させている一元論の諸要素を取り戻せるのではないでしょうか。

なお一、二元論との表現は、一、二元論の性格があるとか、それで律すべきという略式表現です。その都度解釈して下さい。

補助金行政や町村合併など、大型化は二元論。（自分たちのことを自分たちでやる要素が減るから）

地方自治体は一元論。（自分たちのことは自分たちでやるのが生きた町づくり）

かりうど

ぼくは小さなかりうどだ、
ぼくは鉄砲《てっぽ》の名人だ。

鉄砲は小さな杉鉄砲、
弾丸《たま》は枝ごと提《さ》げている。

みどりの鉄砲、肩にかけ、
山みち、小みちをすたこらさ。

ぼくはやさしいかりうどだ、
ほかのかりうど行くさきに、

すばやくぬけて、鳥たちに、
みどりの弾丸を射《う》ってやる。

みどりの弾丸は痛かない、
鳥はびっくり、飛ぶばかり。

鳥はそのときゃ、怒るだろ、
でも、でも、ぼくはうれしいよ。

ぼくはちいさなかりうどだ、
ぼくは鉄砲の名人だ。

みどりの鉄砲、肩にかけ、
山みち、小みちをすたこらさ。

《一元論の自然の中で、二元論で生きる》

この世は、百二十億年前のビッグバンで宇宙が生まれたとされています。元は一つだったのですね。

四十五億年前、太陽系が生まれ、四十億年前に地球に一つの生命体が生まれ、それが今のすべての生物に分化しました。だから、すべての生物を遡れば一つの生命体に至ります。

元は、すべては一つ、同じものだったのですね。

まだ人類になっていない時は、すべてが一つの自然、自然が主役の一元論の世界でした。やがて、人間が他の生きものを道具や商品にして、人工物を充満させ、人間は別格とする二元論の人間中心の文明を作り出しました。そして今ではそれが、人間が主役として、自然を征服支配する物質文明になりました。

だから、今では人工物なしには生きてゆけないほど二元論化していますが、基本は一元論ですから、できるだけ一元論に軸足を置いておく必要があります。

元々、人間以外のすべての生きものは、**何も使わず、自分の体だけで生きています。**これが一元論の、生きものの基本、自然の掟です。

文明人だけが、他の命を殺し道具にして、自分以外のものを使う二元論で生きており、一元論の自然の中で二元論で生きているのです。文明人だけが自然の法則、生きものの基本を破り

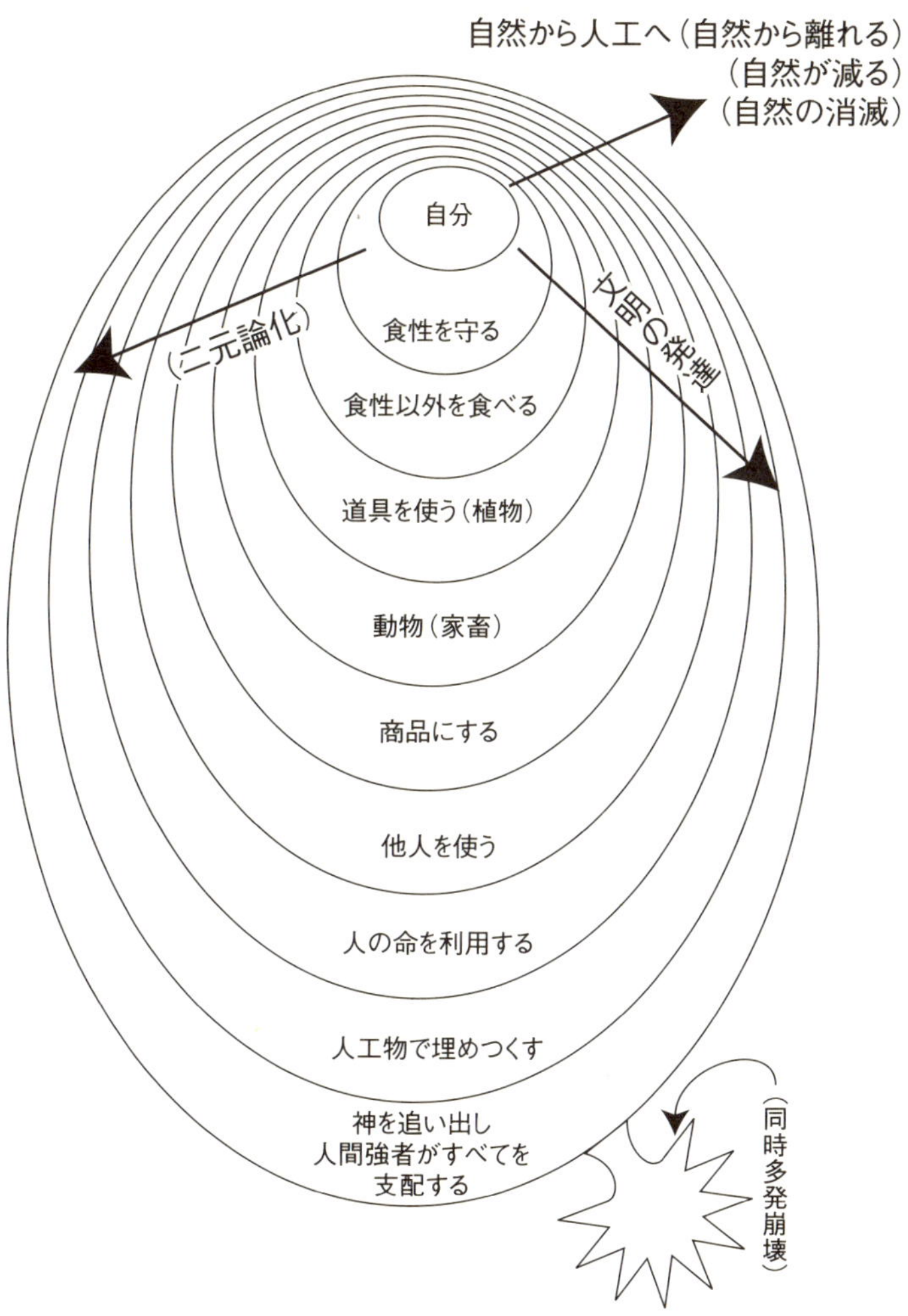

文明化とは便利・豊か化であり、自然を消滅させる二元論化を意味します。

逆らっています。

《今の生き方は逆さま》

人間でも、私達が野蛮とかネイティブとか言う人達は、神魂を認め万物皆兄弟、生きものや未来の人達も自分と同じと見なせるから、

○子孫のために自然を残そう。
○必要以上に使って自然を壊すまい。
○それゆえ、必要最小限の消費に抑えて、

永続可能な自然を残します。

つまり、自然を敬い自然に従い、自然と共生し、自然の許す範囲しか自然を開発せず、人間だけのことではなく、みんなのことも考え、生態系を壊しません。

これに対し、物質文明で暮らす私達は、

○脳の知恵と手の技で力となし、その力で、
○人間が主役の人間中心主義となし、

後進国の人は
万物皆兄弟として
仲良く
T. Sato

文明人は人間が一番偉いとして
動植物を平気で殺す。

○考える葦の、一番偉くて強い人間が、
○自然をどう利用しようと構わん、と、
○経済や便利さなどの欲望のために、
○できるだけ多く消費させようと、
○たくさん所有・消費できる人が偉い人として、
○臆面なく、何の疑問も抱かずに、
○平気で生きものの命を殺しています。自然に従う人々を進歩なしの野蛮人と批判します。

つまり、一生懸命競争努力し力をつけて、より多く所有し消費しようと奪い合って、地球や未来や自分の心身などの自然性を殺して、永続不可能な環境にしています。これが私達物質文明人です。これも含め、お釈迦様は※逆さまと言っています。

※逆さま……般若心経で「遠離一切　顛倒無想。究竟涅槃」（逆さまなことはやめて涅槃を求めよう）。アーミッシュの人達（132頁参照）も、逆さまと思っているでしょう。

今の世は逆さま。

《すべては自然を親とする兄弟》

四十億年前、初めて生命体が生まれた時、そこには地球・宇宙・自然しかなかったのだから、すべての親はこのどれかでしょう。

みんなを好きに

私は好きになりたいな、
何でもかんでもみいんな。
葱《ねぎ》も、トマトも、おさかなも、
残らず好きになりたいな。
うちのおかずは、みいんな、
母さまがおつくりになったもの。

私は好きになりたいな、
誰でもかれでもみいんな。
お医者さんでも、烏でも、
残らず好きになりたいな。

世界のものはみィんな、
神さまがおつくりになったもの。

私はこれら全部を含め、今あるすべてを自然と呼び、自然には意志があるとして、神様も自然も[※1]SGも同じと見ています。すると、
○すべての命は自然から生まれており、
○一つ一つが自然であり自然の構成員、
○一つ一つが大きな自然の一片であり、
○おのおのが一つの大きな自然を生かし生かされており、すべては自然を親とする自然の子、[※2]すべてが自然であり神であり、すべての中に神が存在し、それを魂とか良心とか呼んでいる、万物は皆兄弟すべては神の子、と解釈できます。

※1　ＳＧ……サムシンググレート。筑波大学、村上和雄教授は、神を認めるが、科学者としては神と表現しにくいからＳＧと呼ぶ。
※2　「八甲田山死の彷徨」や「鉄道員」という映画の撮影監督を務めた木村大作氏は、「天気は神様の領域」と言って、待って、待って素晴らしい映像を撮ります。もし、人工の雪を降らせたら……。

「夕顔」という彼女の歌のなかには、生きもののなかには神様がいて、すべてを生かしてくれていることを、短い十行に凝縮させています。

神を認め、神が自然を通して生きものを産んだ、と考えるのが、物質文明以外の文明であり日本文明です。

神様がつくったという概念がなく、〝みいんな〟に※魂があるとしないのが物質文明の科学であり、今の私たちはこの立場ですが、私たちが景気・経済、即ち自分の利益のため、他の生命を平気で殺せるのも、魂を認めず、同じ命を分かちあった兄弟としないからではないでしょうか。

※建築家のたかさきまさはるさんは「物は単なる物ではない」と作品に魂を入れていますが、職人もそれは同じ。また「雑草魂」とか「一球入魂」とかも言うじゃないですか。

一元論は自然が主役、自然は各個人に主役を任せます。天は太っ腹、自然の掟以外は完全に任せてくれ自由です。

《自然に従い自由に生きるべし》

この世は自然が主役だが、自分のことは自分でやるのだから、自分の生活では自分が主役です。そして、生活は自然の中で行うのだから、**自然を主役として、自然が許す範囲内で自然に従っての主役**です。

つまり、良心が親であり、※主役である神の指示を自然の掟として受け取り、良心や自然の掟に従って自分が主役として自由に生きればいいのです。でも、自分のことを他でやる二元論社会では、強者が弱者を利用するので、弱者は天に従うのではなく強者に従います。だから、強者の顔色をうかがい、**自分のことでも自由に判断行動できず、強者に自由を制限され**、生きものの基本を失った、強者に支配される主役となり、

二元論は強者が主役。弱者は強者に指示される主役。強者は自分の利益を守るために自由を大幅に制限して、管理・支配します。必然的に家畜化・奴隷化されます。

本当の自由を失うのです。

※神の指示……55頁参照。

私と小鳥と鈴と

私が両手をひろげても、
お空はちっとも飛べないが、
飛べる小鳥は私のように、
地面《じべた》を速くは走れない。

私がからだをゆすっても、
きれいな音は出ないけど、
あの鳴る鈴は私のように
たくさんな唄は知らないよ。

鈴と、小鳥と、それから私、
みんなちがって、みんないい。

《自然に従わぬのは天に背くこと》

この世は、自然の中に人間など動植物が生かしてもらっており、親である自然は言わば大家さん、鉱物はその一部、動植物は店子、そして皆兄弟の地球一家です。

だからこの世は自然が中心で主役。私達は、親である自然に従い、自然が許す範囲で生きるべきであり、自然に反する不自然なことは、天に背くことです。

生きものはすべて、自然環境に合わせて自然と自らDNAを変化させ、変化した生きものがまた、環境を変化させます。

DNAスパイラルとでも言いますか。

しかしそれは、人為的な作用はなく、自然が主役の、自然によるゆっくりとした変化でした。

しかし、科学の進歩により人間が自然環境を急変させるようになりました。でも、進歩させるのが文明としているので、急変による異常を真剣に考えず、対策を講じません。

確かに進歩発展は素晴らしいものですが、何のために進歩させるのか、進歩した結果、その目的が達せられているのか、そんな基本的なことは考えずに進歩させています。

今のように、目的不明確なまま、進歩発展させていると、化学物質のように、いつの間にか生態系を壊し、どんな医変を招くか分かりません。まず、向かう方向・目的を定めるべきで、目的が分からないまま、便利・快適、進歩・発展を善として求めるから、忙しく、心・自然な心・自然そのものである心を潰して天に背くことになるのです。

《個性を生かせば競争は減らせる》

一元論の俺もお前も同じ、と言うのは、同じ自然の命を一片ずつ分かちあう神の子として、同じ命を分かつ兄弟ということです。故に姿形や個性は違って当然なのです。

そのオンリーワンの個性を生かせば、ひしめきあって、ベストワンに向けて競争する必要がなくなります。

音をかなでる個性を自覚していれば、歩競争や空飛び競争をもちかけられても、参加しなくても平気、自信を持って生きられます。

個性を生かせば競争は避けられます。

《価値のないものはない》

命と細胞の関係と同様、すべての生きものは、一つ一つが生きて、温度・湿度、気圧など地球の恒常性の維持に参加し、食物連鎖や共生などで、地球という自然の大きな命を生かし、その大きな命に生かされています。これが、[※1]**地球のガイア理論**です。

だから、すべてのものは大きな命につながっており、その一片であり、存在するだけで価値があるのです。

でも今の社会では、[※2]画一化教育なので、個性即ち存在価値＝務め＝役目を見出せないまま自殺する人も少なくありませんし、人間の利益のための価値観しか認めず、人間以外は価値なしとして、生きものの命を平気で殺して利用しています。しかし生きものは、存在するだけで環境の変化に合わせ、自ら遺伝子を変化させながら、新たな地球環境をつくっています。

何もせず役目を果たし、何も進歩発展させず、子を残すだけで、ガイア作り・DNA作りで既に役目を果たしており、人も生きものもすべて存在するだけで価値があり、役立っています。

必要・必然にしてベスト、と船井幸雄氏が言うのは、こういうことでもあるのでしょう。

今、生きているだけで充分、今の命を精いっぱい輝かせることが大切で充分なのではないでしょうか。

※1　ガイア理論……ジェームズ・ラブロック博士が提唱（『ガイアシンフォニー第四番』をご覧下さい）。
※2　本来教育とは、決められた枠に教え込むのではなく、その子らしさ、本人らしさ、本人の性格を伸ばすものではないでしょうか。

「雪」という歌は、同じ水分が海や泥水や地下水など異なるものになると歌っています。海や泥。環境によって姿形や個性はおのおの違っても、水という本質は皆同じ。同様に、私たちの一生も、雪から海に至るまでの、雨粒や雪あられのようなものであり、おのおの異なる形で他を生かし、苦しめ喜ばせながら、海で一生を終わり、また天に戻ると喩えられます。

《二元論の源は力、では一元論の源は何?》

差は力を生み、力が差を生んでいます。だから、二元論の源は力です。

それゆえ、今の世では、力は正義なり、強ければ……、という力の論理の強者中心主義となり、力で競争する奪い合いの社会となり、強者は次々に敗者を作って勝ち進むから、多くの弱者がわずかな強者に従う社会、**人の上に人をつくる競争社会**になっています。

では、力に対比する一元論の源は何? 同じにさせ、同じになったら生まれるもの? 分かりますよね、あれば一緒になり、失くなれば別々に分かれるもの。

そう、今の二元論の力の社会に不足する一元論の源、それは**愛**、一元論の源は愛なのです。

《一・二元論の主なもの》

全体は分けないから一元論、部分は分けるから二元論などと、次のように分類しました。類推してみて下さい。

二元論	一元論
西洋物質文明	東洋精神文明 日本文明
実存主義	見えぬものを認める
表面的、皮相的	深く考え、本質的
部分的	全体的
形、形式	中身、本質
鮮明、厳格	ぼんやり、曖昧
機械的、人工物	人間的、自然
人間が主役	自然が主役
男女の差別 力、男	同一 愛、女
競争	共生
奪い合い	譲り合い
利己	他利
自力	他力
分断、非循環、 非可塑	つながり、循環、 可逆
一方通行	双方向
経済、産業	命、安全
人工物	自然
20世紀型	21世紀型

芒《すすき》とお日さま

——もうすこし、
——もうすこし。
芒はせい伸びしています。

あまり照《て》られてしおれそな、
白いやさしいひるがおを、
どうにか　蔭にしてやろと。

——もうすこし、
——もうすこし。
お日はぐづぐづしています。

まだまだ籠は大きいに、
あれっぽちしかよう刈らぬ、
草刈むすめがかわいそで。

おねんねお舟

島から来た舟、おつかれか、
入り江の波はやさしいに、
ゆったり、ゆったり、おねんねよ。

おさかな積んで、はるばると、
ひろい荒海こえて来た、
小さい舟よ、おねんねよ。

島の人たちもどるときゃ、
重いお米を買ってくる、
青い菜《な》っぱを買ってくる。

島から来た舟、それまでは、
やさしい波にゆすられて、

ゆったり、ゆったり、おねんねよ。

硝子

思い出すのは雪の日に
落ちて砕けた窓硝子《ガラス》

あとで、あとでと思ってて
ひろわなかった窓がらす

びっこの犬をみるたびに
もしやあの日の窓下を
とおりやせぬかと思っては

忘れられない、雪の日の
雪にひかった窓がらす

《みすゞは心のオアシス》

みすゞの歌に充満している相手の立場に立つ姿勢、優しさ・思いやり、感謝・友情・つながり、命、魂、神様仏様、愛、あの世、反省、喜び、擬人化などは一元論であり、みすゞの世界は一元論です。

私達は、一元論の自然の中で、人工物を使い二元論で生きていますが、ものを増やして二元論化すると、便利で効率が上がり経済的なので、**二元論化が進んで一元論が減り、心や愛など一元論のものが減少して、人工物が増え自然が減少し、優しさ思いやりなど、人としての自然性も減っています。**みすゞの歌は減ったそれらを充足してくれるから、心が潤うのであり、みすゞはまさしく心を潤す心の詩人だと思います。

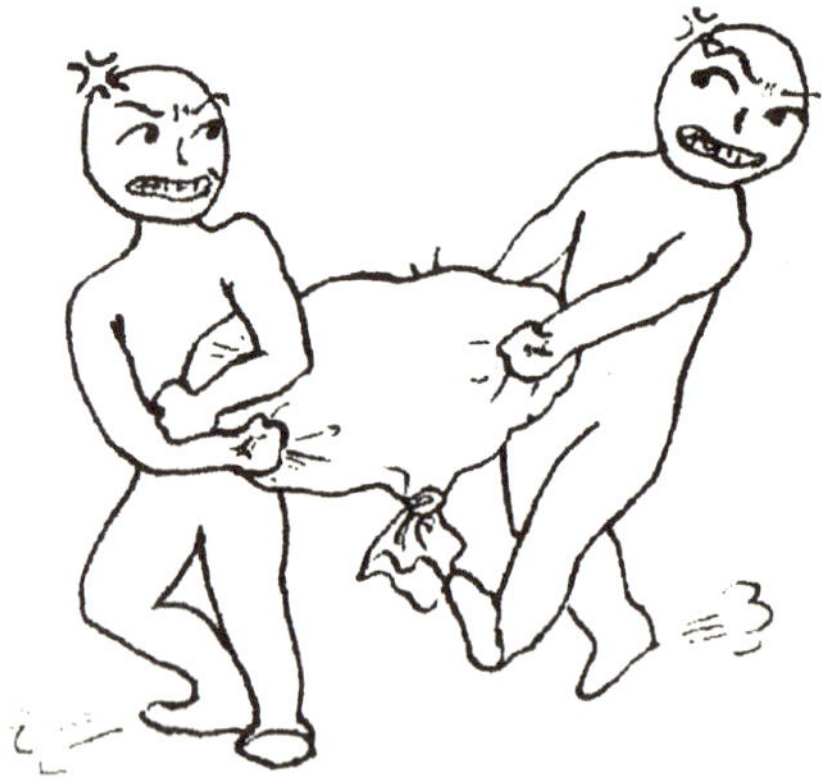

Y.T

（頭と力で競争して、奪い合いのピラミッド社会にする二元論
愛と心で協力・共生する助け合いの世界が一元論）

以上、この世は神・自然が主役で中心、私達は神・自然に従う一元論で生きるのが、本来のライフスタイルです。
　そうすれば、愛で成り立つ自然の中で、神・自然の子として、優しさ思いやり、温かさ、譲り合い・助け合いなど、人としての自然な要素が現れ、神様仏様のような人になり、そんな社会そんな国になるでしょう。
　そうすれば、競争して奪い合って、
忙しい・忙しい・忙しい、多忙・多忙・多忙で心を亡くしながら、忙しさに追いかけられて、幸せを何処かに置き忘れるようなこともなくなるでしょう。
　一元論そのもののみすゞの歌が、多くの人に驚きと感動を与えながら広まっていることに、
今世紀の希望が託せると思います。

（愛と心で協力・共生する助け合いの世界が一元論）

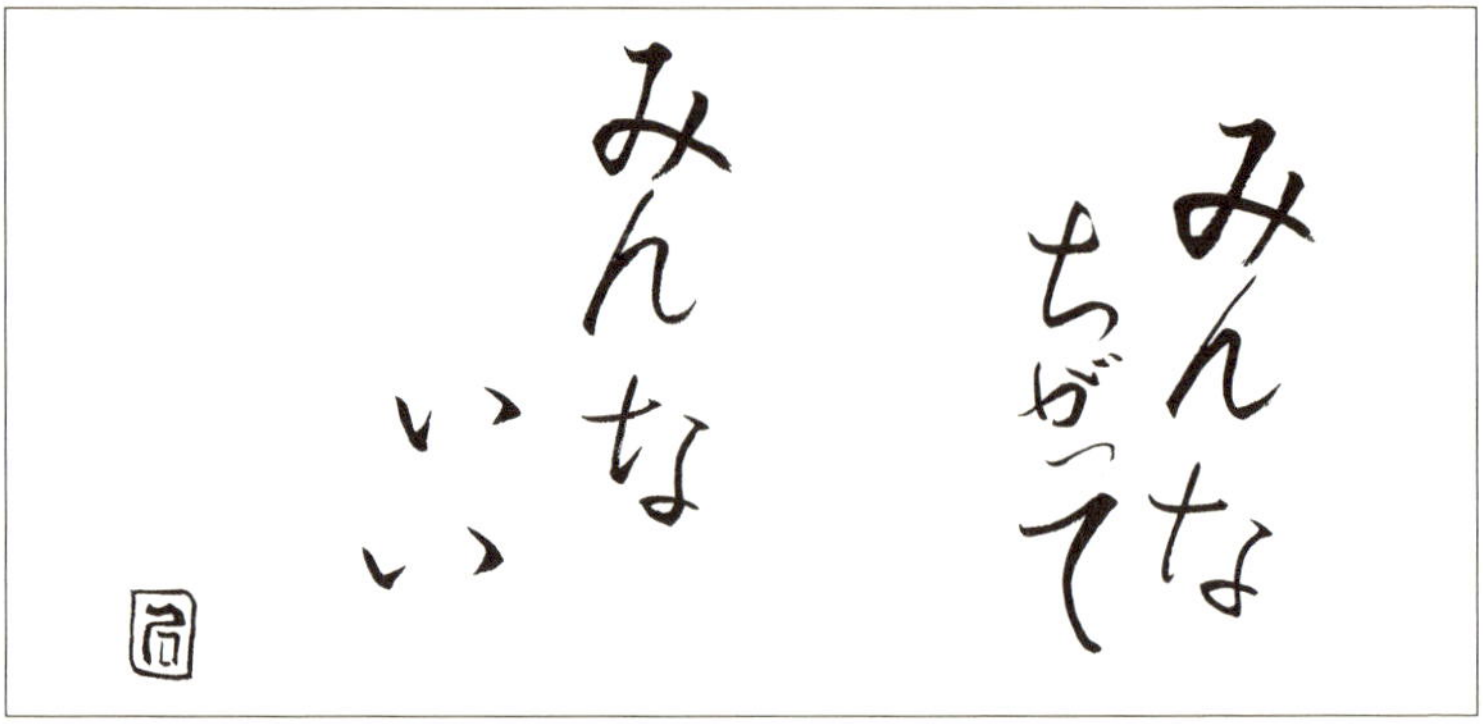

これは、四十ページに紹介した「私と小鳥と鈴と」の最終行の言葉で、小学校の教科書にもとりあげられたもので、私が書いたものです。

みすゞの歌を世に広めた矢崎節夫さんが、みすゞの歌の中から三十一編を選び、それを同じくみすゞの歌の研究者として著名な、書家の酒井大岳師が揮毫したものに『朝焼、小焼だ大漁だ・日めくり・金子みすゞの世界』（ＪＵＬＡ出版局刊）

書の大家・酒井大岳師の素晴らしい書なので、是非ご利用下さい。

第三章　昔の生き方・ライフスタイル

今のライフスタイルは、ほぼ物質文明によるものですが、昔は違いました。

《今は儲かる方へ儲かる方へ》

人間はアフリカが森林で覆われていた頃、木上の猿の一派が進化したもので、元々は自然と一体化した一元論の暮らしでした。

それが33頁の図のように、文明の発達と共に、一元論から二元論へ、物に頼らぬ生活から物を増やし頼る生活へ、自然のものから人工の物へ、手の技から頭の知恵へ、心より物へ、物より頭へと進歩し、物や頭で力を強め心

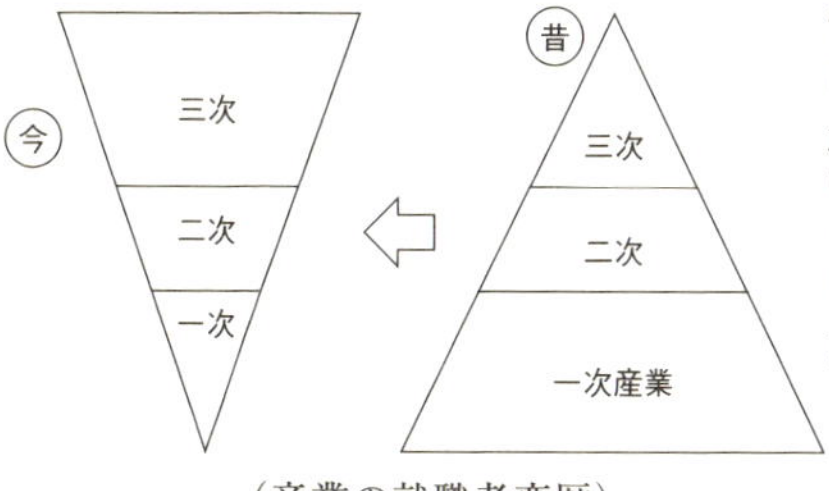

（産業の就職者変歴）

（産業の就業者変遷）
生産の一次産業から情報の三次産業への就業者が変化している。儲かる方へ儲かる方へと。

を失《な》くし、愛より力へと、分かち合い助け合いの共生社会から、競い合い奪い合う競争・共食いの社会へ進んでいます。これは、自然の力を削ぎ落とし、代わって人工物で置き換え、主役を自然から奪い、人間中心の、自然から遠ざかる方向への進歩です。

《今の生き方は、昔とは異質な生き方》

それでも各民族は、こうならないように、自然を主役として従い、特に日本文明は、神を敬う日本神道を基本に、自然を敬い従っていたので、昔の人達はそれをベースに、伝来した仏教とも融合した準日本文明と言うべき生き方、神仏を認め、自然に従う一元論の生き方をしていました。そして、明治の文明開化で、異質の二元論文明に鞍替えしたものの、それは**上層指導層のみで、**一般庶民はほぼ従来のままでした。

しかし、敗戦後は、徹底して日本文明潰しを行って物

自然征服文明
今の生き方は、昔の生き方とは断絶した、まったく異質の生き方。

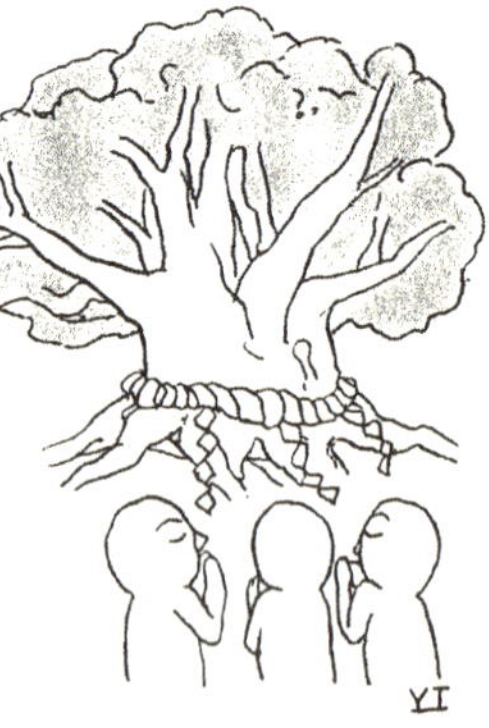

自然従順文明

質文明化してしまい、今ではこれが最高・これしかない、世界はすべて物質文明と思い込み、日本文明など知りもしません。

その日本文明は自然に従うものでした。自然に従うということは、自然に生かされていることであり、自然＝神を親として認めることですが、これは神にしてみれば、産んだからには生かしてやろう、と神の分神を生きものの命として代理出張させ、それに向けて生き方を発信し、私達の中に出張してきている分神に自然の掟として受信させ、指示通りせよ、と言っている、とも言えるでしょう。ゆえに、自然に従うことは、神の指示に従い、神が命ずるままに神に従うこと、即ち、天命に従うことであり、人間が主役の今の生き方とは正反対です。

これは、人間こそが……と、自分達を主役とする物質文明人にとっては、まったく異質のもので、絶対許せぬ文明でした。

終戦後、西洋に憧れる人達が徹底的な日本文化潰しをした。今、反省し復活させているが、染みついた西洋崇拝は今も同じ。

だから戦後も西洋人は、※西洋に憧れる知識人をして、日本文化を徹底的に潰させたのです。

※西洋……アメリカは西洋から生まれているから、西洋とは欧米の意味として使います。以下同様。

蜂と神さま

蜂はお花のなかに、
お花はお庭のなかに、
お庭は土塀のなかに、
土塀は町のなかに、
町は日本のなかに、
日本は世界のなかに、
世界は神さまのなかに。

そうして、そうして、神さまは、
小ちゃな蜂のなかに。

《自然に従う究極の心、それが大和魂》

昔の人が心を磨いていたのは、心をアンテナとして、その汚れを落とし神の指示を正確に受け取り、

「神の意のままの生き方」にするため。

つまり、内在する分神とは心である良心、その分神である心を磨き、指示通り、神※ながらの生き方が人の道、

神ながらの道、

かんながらの道、

これが、私欲私心に囚われず、神の意のまま、天命自然に従う日本文明の根源です。

また、そうなるよう、心を磨き自然に従い、神の意のままに生きる心が大和魂。

みすゞも昔の人も、そうなるように努めていたのではないでしょうか。

元々、私達は神の子、自分の中に神の分神＝良心を持っているのだから……。

大和魂とは、自然に従う心です。

※ながら……「のまま」の意。（広辞苑）

《天地人の一体化とは》

神の意のまま、天命に従う生き方です。天が生き方を、自然の掟・自然の秩序として発信し、それを人が地という人の道、人工の秩序に翻訳しました。その、人の道とは、二宮尊徳が、

「人道を限りなく天道に近づけよ」

と言ったように、神の意に近づく生き方、※天の命ずるままに、天の意のままに自然に従い、自然＝神と一体化すること。

これが天地人の一体化、日本文明の根源、かんながらの道、大和魂、天命と同じことなのです。みすゞはこれを、相手の身になって歌う童謡に託したのではないでしょうか。

そして、仏様と一体化すること、仏様になることが、本来の生き方ではないか。元々は神の子なのですから。生き仏になること、これが※天地人の一体化ではないでしょうか。

※我が命まで神に任せる生き方ですが、戦前戦中は、これを天皇のために死ねと利用しました。悪用される危険があります。

だから人工物は、自然の許す範囲のもので、自然の秩序を壊さず※自然に従うものでなければなりません。

※アーミッシュはこれを実行しても豊かに生きてゆける証を示しています。

さびしいとき

私がさびしいときに、
よその人は知らないの。

私がさびしいときに、
お友だちは笑うの。

私がさびしいときに、
お母さんはやさしいの。

私がさびしいときに、
仏さまはさびしいの。

知らない↓知っていても笑う↓知っているから優しくする、……でも、まだ私と同一になっていない……。私は仏様と一体化したのに……。

みんなも仏様と一体化したら、仏様を通してみんなが一体化し、心は一つ、同じ気持ち・同じ心になります。そうしたら……。

ホテル化などと、家庭をバラバラにし、つながりのない社会にしている私たち。よく味わいたい歌のようです。

そして、仏様と一体化すること、仏様になることが、本来の生き方ではないか。元々は神の子なのだから。生きた仏になること、これが※天地人の一体化ではないだろうか。

※天地人の一体化……インドでは、これを宇宙と一体化するヨーガで練習している。

類は友を呼ぶ。同じ境遇の人が親しくなり安堵感が湧くのは互いに一体化しようとするから。でも、同じ境遇でなくても安堵感を湧かせるには、同じ境遇になったと仮定すること、即ち、相手の立場になって、現状をそっくり認めてあげるだけでいいのではないでしょうか。

《人の本質は魂》

「今度の課長はいい男」と言う時、何をイメージしますか。顔やスタイル、服のセンスなどでは？

「田中さんはいい人」と言う時はどうですか。性格、人柄、人間味、人となりなどではありませんか。

人の本質は、前者の見える姿形でしょうか。見えない後者の人となりでしょうか。死んで残るのは後者の人となりであり、前者の姿形は残りません。

このようなことから、昔の日本人は、人の本質は形のある肉体ではなく、形のない見えない精神・心・魂であり、肉体は容れもの、仮の姿、神からの借りもの、死ねば自然に返し、魂も神のもとへ帰る、身も心もすべて神からの借りものだから、元の家、ふるさとの自然に帰ってゆく、個性だけは、DNAを通して受け継ぐ、としていたのではないでしょうか。

神・自然からの借りものとすれば、自然のため、みんなのため、公共のため、相手・他人・弱者のために努めることができるのではないでしょうか。

私たちは身も心も何でも、自分の所有物とするから※利他ができません。本当は誰のものなのでしょうか。

※利他……他の者の利益のために働くこと。67頁参照。

失《な》くなったもの

夏の渚でなくなった、
おもちゃの舟は、あの舟は、
おもちゃの島へかえったの。
　月のひかりのふるなかを、
なんきん玉の渚まで。

いつか、ゆびきりしたけれど、
あれきり逢わぬ豊ちゃんは、
そらのおくにへかえったの。
　蓮華の花のふるなかを、
天童たちにまもられて。

そして、ゆうべの、トランプの、
おひげのこわい王さまは、
トランプの国へかえったの。
　ちらちら雪のふるなかを、
　おくにの兵士にまもられて。

なくなったものはみんなみんな、
もとのお家へかえるのよ。

《霊魂不滅・輪廻転生》

見えない魂を認めず、循環思想のない今の世では、霊魂不滅・輪廻転生とは考えませんが、一元論で暮らす昔は、そう考えていました。

元々、いつかは朽ちる形あるものより、形なくても見えなくても、人の本質であり転生の元になる魂の方が大切として、今さえ、この世の自分さえ……、とはせず、魂が生き続ける先々や、命を引き継ぐ子々孫々を大切にして行動していたのではないでしょうか。

だから、自分達の便利・豊かさ・経済のため、環境や財政の破壊を未来にツケとして廻す生き方など、トンデモナイことと見なすでしょう。

この違いは、人の本質は肉体か魂かの、二元論物質文明と、一元論精神文明の違いにあって、一元論では同じ魂を持つ仲間を、自分達の利益のために殺すようなことも、そのための多忙さで心を失うようなことも、強者に従ってそれらを得ることもせずに、神に従いみんなで仲良く分かちあうでしょう。

「長い夢」

「花のたましい」

も参照して下さい。

つくる

小鳥はわらで
その巣をつくる。
そのわらそのわら

たあれがつくる。

石屋は石で
お墓をつくる。
その石その石
たあれがつくる。

わたしはすなで
箱庭をつくる。
そのすなそのすな
たあれがつくる。

蓮と鶏

泥のなかから
蓮《はす》が咲く。
それをするのは
蓮じゃない。
卵のなかから
鶏《とり》が出る。
それをするのは
鶏じゃない。

それに私は
気がついた。
それも私の
せいじゃない。

《利己自力・利他他力》

二元論の力の社会では、努力して力をつけ、自分の力、自力で生きているんだ、自分の力をどう使おうが……、と自分勝手、自分さえ……、の利己になり、感謝できず、他人みんなのための利他ができません。

自力は過信しやすく、弱者には尊大不遜、傲慢で厳しく当たったって鼻持ちならないが、強者には変に追従するからです。そしてまた、二元論の競争や建前は善悪不問、悪かろうが不自然であろうが強者側に立ち、弱きをやっつけ強きに従うからでもあります。

これに反して見えないものも認める一元論では、愛や心で譲り合い助け合うので、利他ができてエゴになりません。

また、見えないものも見ようとするので、〝それに気づいた〟自分の頭も、私のものではないし、自分が作ったものでもない、〝わらも石もすなも〟人はなんにも作れない、〝※1すべて神さまがお作りになったもの〟と気づくし〝それも私のせいじゃない〟と気づくので、人は自力ではなく自然に生かされている、自分以外の他の力、他力に生かされている、と気づき、尊大さはなくなり、謙虚になって感謝できるから、他人・自然・未来のためにと、他利もできるようになるでしょう。

いずれにせよ、謙虚に謙虚に、自分を低く低く、他人を高く高く評価し、※2自分をマイナスの極致に置いて接すれば、すべてに※3感謝できるようになります。

でも二元論の今の世では、他人や公共のために働こうとはしません。公共のために働く〝努め〟と、自分のために働く〝稼ぎ〟があったと言われる昔の生き方を、映画**「郡上一揆」**でご覧下さい。

※1　すべて神さまがおつくりになったもの……「みんなを好きに」参照。

「郡上一揆」

主人公の定（さだじろう）は、耳に胼胝《たこ》ができるほど〝村のためになる者になれ〟と勉強させられていた。そのため村の窮状を身を捨てて救おうと、死刑覚悟で直訴のため江戸に上ろうとするのだが、それを何とか思い止まらせようとする母に対して、父親は〝**定はもう自分の家だけの者ではない**〟と言って母親を諫める。やがて定は役人に捕らえられることになるが、首謀者は誰だと拷問で責め立てる役人に対して定は〝**百姓はお天道様以外に誰にも従わん**〟と言います。

※２　自分を低く低く、マイナスの極地に置けば、自然と大和魂がつくでしょう。
※３　感謝……力をつけ強くなると尊大不遜、感謝できません。そんな努力、してますよね。

一元論の世界では、他利が普通に行えますが、「昼の月」という詩では、みすゞは、昼に役目を果たしていないお月様に異を唱えています。

他人のため、困っている人のために働くのは当然とするから、お月様にまで注文をつけたくなるのではないでしょうか。こういうふうに読んで行くと、面白いでしょう。


「睫毛の虹」という詩集には、みすゞの「草原の夜」を、よしだみどりさんが絵にしたものが載っています。

そこからは、牛のため、子供たちのためと、そんな、みんなを喜ばせたいという気持ちになれば、それが、どんな美しい歌や絵になるのかということが窺い知れます。

相手や弱者の立場に立ち、優しさ思いやりなど愛と心で綴るみすゞの歌を、別の本でもご覧になり、絵本にしたりして多くの人にお伝えください。

それに引き換え、私たちはグローバル化の国際競争で、安全性は二の次三の次、何事も効率・経済性が優先され、自分達の利益を優先する二元論が進み、牛など生きものを酷い飼い方で苦しめています。

たとえば鶏はA3サイズのゲージに三羽も押し込められ、互いにつついて傷つけないように嘴を焼き切られ、電灯をつけたり消したりして夜明けを何度も味わわせ、実質三十日で出荷できるよう、ホルモン剤や抗生物質を投与されたりしており、牛は牛で首枷《かせ》まではめられてしまっています。これでは大半が病気になってしまうので、生産者は怖くて自分たちでは食べないが、病変部位は削り取ったから安全だと言って流通させています。

こんなことは、輪廻を信じたり、利他を尽くす昔の人なら絶対しないでしょう。現代人でも、みすゞの歌に心を動かせば、見直すようになるかもしれません。生きものすべてが、生き生きと健康で自由になるよう、多くの人にみすゞの心が伝わって欲しいと思います。

昔はみんなで仲良くとの神の指示通り、万物皆兄弟として、親である自然やその掟に従

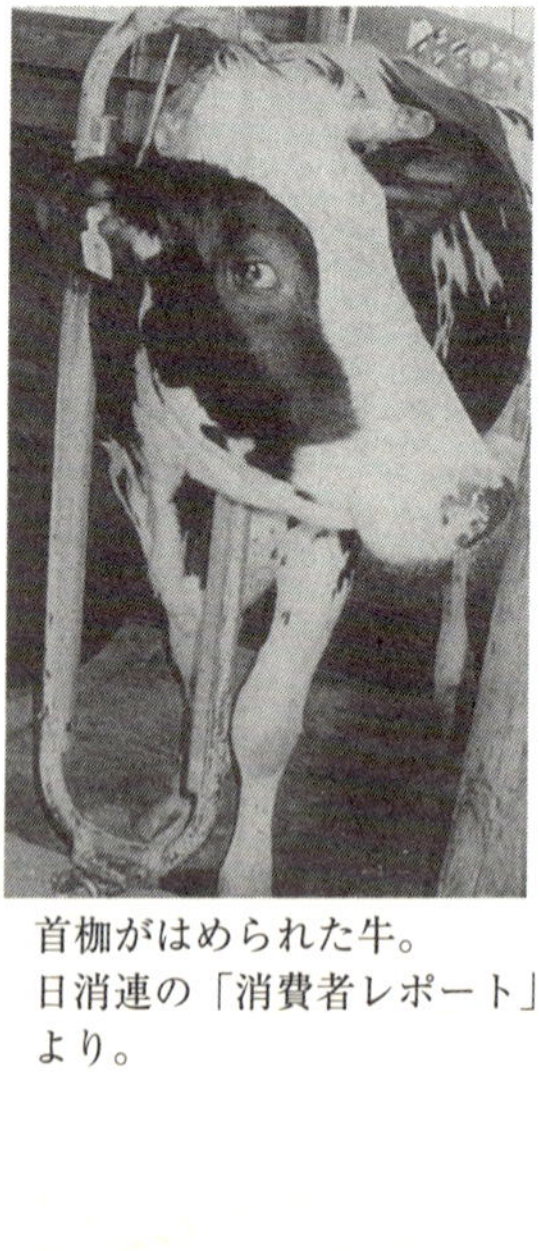

首枷がはめられた牛。
日消連の「消費者レポート」より。

い、共生し、自然を敬い、感謝し、自然と一体化して暮らしていたはずです。だから、多少不便であっても、非効率であっても、それを自然のこととして受け入れてきたのです。少なくても、経済効率のために家畜を経済動物として扱ったり、恐ろしい病気を作り出したりはしなかったはずです。

ともかく自然を主役とし、自然に従うという自然従順型文明。それが昔の生き方でした。

昔の生き方なら、田んぼは田んぼのままだが……、
今は田んぼが、駐車場やアパートに、道路に、休耕田に、荒地にと……、お金に変ってゆく。

第四章　昔と正反対の今のライフスタイル

昔は一元論の精神文明が主の日本文明。今は二元論の物質文明が主の西洋文明のライフスタイルですが、両者は正反対です。

改めるには現状をたくさん知ってもらおうと、本章では三節に分けました。

一、感じず物化する

《平気で命を殺す生き方》

物質文明は実存主義、見ない神や魂や、万物皆兄弟とは認めないので、生きものの命を殺しても平気です。

だから私たちは、

○物を豊かにし、たくさん所有・消費し、
○景気・経済を上げることが、より多くの命を殺しているとは全然気づかず、逆に、
○それがいいこととして、豊かさ・便利・快適、
○経済のために一生懸命、命を殺しています。
○**命を殺しているという観念が全然なく、**
○消費拡大、即ち、他の生きものの命を多く殺すほど、経済力が上がって喜ぶ生き方、食性をはじめ、自然の掟を無視する生き方、それが今のライフスタイルです。
　みすゞの歌は、犠牲者側の立場に立ち、相手の身になって詠んでいるので、お釈迦様が逆さまと言っているのに私たちは当たり前と思っている、このようなおかしなことを、おかしいと気づかせてくれます。

見えないものを見ようとしないから、商品の源は命だったとは分からず、平気でゴミにする。

大漁

朝やけ小やけだ
大漁だ
大ばいわしの
大漁だ。

はまは祭りの
ようだけど
海のなかでは
何万の
いわしのとむらい
するだろう。

《不都合な面は隠す》

何事にも長所と短所、陰と陽、裏と表など、相反する二面があります。これを分けずに、分けても両面から全体的に見るのが一元論ですが、二元論で競争すると、自分を有利にしようと、不都合な面は曲げたり隠したり無かったことにして、自分に有利な一面から部分的に見て、ありのままの全体を見ようとはしません。

自分に不利な面からも見てそれを認めるには勇気が必要で、心が強くなくては見られず隠してしまいます。でも、不利な面は隠していては心は育ちません。同様に、便利、豊かさ、効率、経済を求める普通の暮らしをしているだけで、その二元論性が心を失わせ、自制心も自立心も失わせて、人を物にして行きます。

片側からだけではなく相手側からも見ると、私たちが何を食べ、何に生かされ、何をしているかも考えさせられます。

深く考えず皮相的、しかも自分に都合のいい一面しか見ない生き方を改めれば、思いもよらぬ正反対なことも見えてきます。

みすゞの歌からそんなことも学べます。

犬

うちのだりあの咲いた日に
酒屋のクロは死にました。

おもてであそぶわたしらを、
いつでも、おこるおばさんが
おろおろ泣いて居りました。

その日、学校でそのことを
おもしろそうに、話してて、

ふっとさみしくなりました。

《内側の心を見つめない生き方》

私たちは外側の見える表面しか見ない物質文明で暮らすから、内側の心を見て反省する余裕も習慣も失ったようです。

口やかましいおばさんが、オロオロする姿は面白いが、それは表面の現象です。

本当の姿は、愛する者を失った悲しみ。

本当の姿に気づくかどうかは、

見えないところまで観ようとするかどうかは、心・意識・個性の問題です。

表面しか見ないと、他人の不幸を笑い、そんな社会にして行きます。

見えるものしか見ない今の生き方は、表面の現象しか見ず、深いところに隠れている本質を見ないので、他人の離婚や争いを面白おかしく報道し、それを喜んで見て視聴率を上げるように、他人の不幸を面白がり他人や相手を犠牲にすることによって、ますます栄える社会、底辺に、犠牲者がたくさん必要な社会にして行きます。

そんな社会になるのも、みすゞのように神魂を認めず万物皆兄弟とせず、相手や他人の立場に立たず競争主体の二元論で暮らして、心の内を見ないからです。

ふっとさみしくなったのも、自分の内側、心を見つめたからであり、そんな歌が詠めるのも、日頃から心を見つめていたからではないでしょうか。

死んで埋められた金魚への優しい思いを詠んだものに「金魚の墓」という詩があります。そんな優しさも、金魚、しかも死んで土中に埋められた金魚になりきり、内側の心を見詰めるからではないでしょうか。

自分の気持ち、内面、反省、心を詠んだものに、

「巡礼」

「ばあやのお話」

などがあります。

反省せず、心を見詰めず、外側ばかり見ている私たちだからこそ、こういうみすゞの心に触れる必要を感じます。

《ゆっくり考えれば見えてくる》

いずれにせよ、内側の心を見るようになれば、深く考えるようになり、経済を上げなければ生きて行けない、と思い込まされていることにも気がつき、経済に頼らずとも幸せに暮らせる別な道を捜すようになるでしょう。

みすゞの童謡の多くは、心を見つめ、心で観たり心で聴いたりして、心で詠んでいるので、そんな心が直接伝わり、私たちも、相手の立場に立つようになるだろうし、心を見つめるようにもなり、私たちが当然と信じていることのおかしさ、お釈迦様の言う逆さまも分かるでしょう。

忙しすぎるのです、ゆっくり考えれば、今まで気づかなかった世界も見えてきます。

《つながりのない社会》

二元論は、別、別、別と何事でも分け、ついには分断する特性を持っており、今のライフスタイルではその特性が発揮されて、いつの間にかつながりのない社会になって行きます。

核家族で両親を切り離し、絆を弱めて、家庭がバラバラ化するのはその典型です。

大地から離れ、人と人、人と自然とのつながりを断ち、家庭も学校もバラバラ、絆を薄める現代社会。

次の「みそはぎ」は、たとえ一人のようでも、どこかに思っていてくれる人がおり、決して一人ではない、たとえ遠く離れてしまっても、昔の恩義友情を忘れない、すべてはつながっており、**愛はつながりであると**教えてくれてはいないでしょうか。

みそはぎ

ながれの岸のみそはぎは、
誰も知らない花でした。

ながれの水ははるばると、
とおくの海へゆきました。

大きな、大きな、大海で、
小さな、小さな、一しづく、
誰も、知らないみそはぎを、
いつもおもって居りました。

それはさみしいみそはぎの、

花からこぼれた露でした。

誰も知らないみそはぎや、大海の一滴にまで想いを巡らすみすゞの優しさ、※1足元を崩されながらも、土の中からでも友を思う心。こんな心で争いが起きるでしょうか。

渡り鳥官僚や官々接待の公金感覚喪失などのモラル崩壊や、環境問題など、様々な社会問題は、結局は自分さえの利己主義、つながりを断つ分断意識などで起きています。

知り合うことは、つながりを作ること。つながりがあれば、情けも生まれ温かくなれるが、※2つながりがなければ、知ったこっちゃないと冷たく突き放せるし、中身と違う表示など、平気で悪いことも行うからです。

※1　足元を崩され…「あかつち山」。土の中から…「金魚の墓」参照。

※2　マザー・テレサは、「愛の反対は無関心」と言っています。また、岩手県岩泉でアトリエ「野の花」を主宰しているさかもとゆかりさんは、「物を売るだけではなくて、お話をするせいか、年々売り上げが上がってきています」と言っています。

自然界は、食物連鎖や生態系など、見えないところでつながっています。

自分の力で生きているんだ、関係ないと、つながりを断つ今の二元論の生き方を改めて、万物一体、みんな同じ仲間、見えぬところでつながっているという、一元論の昔の生き方に戻った方がいいのではないでしょうか。

すべては※つながっている。友情、思いなどは、同様に「二つの草」「あかつち山」で歌われています。味わってみて下さい。

※関係ないと、つながりを絶つ若者が、即レス（ポンス）として、即座に携帯メールで返答するのは、友達とのつながりを絶たれるのでは……との恐怖心から。根はつながりを求めている。

《際限なく便利・快適・豊かさを求める社会》

私達は、不便・非効率・無進歩・低地位・安月給では競争に負けるからと、そうならぬようより速くより多くと競争するので忙しく、他人の立場に立つ余裕も、譲り合い・助け合いもできず、そんな心を潰し、心育てず、自制心も克己心も育てません。

だから、自分で制することができず、消費拡大という強者の常識・空気に流され、競争に有利な、高給・高地位、効率経済、便利さ豊かさ、進歩発展などを、歯止めなく求め続けます。

しかも、何のために生き、何のためにそれらを求めるのか、**目的が不明確**なので、求めたそれらを手に入れても、目的達成したのか分からず、求め達成したものが良いのか悪いのか善悪判断できず、それによって起こる変化を考え反省しないから、表面の利点に囚われ、後から現われる副作用など、深いところに隠れている欠点を見ようとしません。

だから携帯電話でも、イヤホーンを利用させると売り上げが落ちるからと、携帯電話の害・欠点を教えません。

いずれにせよ、不都合な面は隠しても、便利・快適など、欲望を際限なく追いかけます。

昔、人の欲望を限りなく膨らませてバベルの塔を作り、反省させられました。

《物化スパイラル》

今は、満足や幸せを自分の身一つで得る、そのために心を磨いて心がよく感じるよう感度アップする、という一元論を用いず、満足を感じない自分の心は棚に上げ、自分以外のもので解決させる二元論を用いるので、

もっといいものを開発せよ、

もっと高価なものを持ってこい、

もっと沢山揃えよ、

などと、自分以外のものを良くします。だから、便利・快適、立派になります、自分以外は……。

アルカイダは、誰に何を反省させようとしたのでしょうか。

しかし、車で足腰を弱めるように、技術が高まりいいものができ、社会整備され、つまり自分以外のものが便利に立派になればなるほど、自分でやらなくても済むようになり、自分の持つ自然な能力・要素が低下し、満足を感じる自然な力も低下して行き、その時は満足するが、やがて物足りなくなり→不満を覚え→更に商品開発→一応満足→感じる力は逆に低下→不満→開発を繰り返し、感度不良の不感症スパイラルに陥ります。

その結果、自分以外の外の世界はますます良くなるが、自分の内側は段々劣化して、自分が本来持っている自然なもの、生命力、体力・免疫力、思いやり・助け合い・義理人情、優しさ・温かさ・慈悲・愛情、感性・個性・克己心などの自然性を失って行き、感じない物のようにな

人が物になってゆく**物化スパイラル**

（便利さは、自然な力を駆逐する。人工と自然は反比例する）

るから、これを別名、**物化スパイラル**と言うことにします。

一元論に軸足を置いて、自然の許す範囲で自分が主役として生きるべきなのに、便利・快適、効率・経済などを求めすぎ、二元論が増えすぎて、一元論のそれらの要素が減って起きる今の生き方の必然的現象です。

効率化や便利・快適化、大規模化とは、二元論化であり、生きものが物に退化して行くことです。

自分で測って自分で判断し自分で制御する、という一元論の循環機能を発揮しないものは、生きものではなく、他に制御される二元論の物と言うべきで、私達が物化するのは、物質文明は単に物質を増やし良くするだけではなく、**物化潜在力**を持つからです。

物があふれると場所をとって、義理や人情の居場所がなくなると森進一さんも歌っています。

こうして物化したり、皮相的な見方しかしなかったりと、今のライフスタイルで深く考えようとしない私達は、疑問を感じず深く考えもせず、マニュアルなしには動けない、つまりは強者に従い管理される〝物〟になってゆくのです。

物質文明には、物化潜在力があるからです。

《生きものは自分で自分を修正し律する》

私たちは物ではなく生きものです。物と生きものの違いの一つは、自分で異常を修正する自然回復力を、持っているかいないかです。

生きものはすべて、常に生きて変化している自然の中で、異常に変化させられた部分を元に回復させながら、ある一定の変化内に止めて生きています。

この、変化を一定内に止め、変化しても異常になっても元の正常に戻す力を、自然回復力、自然治癒力、などと言い、それを発揮させることを、ホメオスターシス、恒常性の維持、と言います。

つまり、生きものはすべてこの力を持っており、自分で異常を感じ、自分で異常を修正する力で、自分で自分を律することができるのです。でも物化すると自分のことを自分でできず、法律など外からの力に頼るから、外の強者につけこまれ操られます。

これを図示すると、生きものは①の図のように循環機能を持っています。しかし、完全には元の正常には戻らず、少しずつ老化し、含老化循環スパイラルと言うべき循環機能の中で生きています。

これに対し人が物化すると、自分でできず他に頼るが、他人は深く考えず、表面の処理だけをして状況現象を作った原因を改めず放置するので、同様な変化を徐々に大きくしながら繰り返し、処理が追いつかず、環境や健康や財政などに、負の遺産を残すようになります。

従って、変化によって起こる様々な問題は、根本原因まで反省して修正しないと、大変なことになりますよ、改めなさい……という天の啓示と見た方がよく、物化していることを知って、自分で根本原因まで修正できるように人に戻って欲しいと思います。

でも循環思想・循環機能を持たぬ、二元論の今の生き方では、深く考えず見えないところまで見ず、根本原因まで見よ

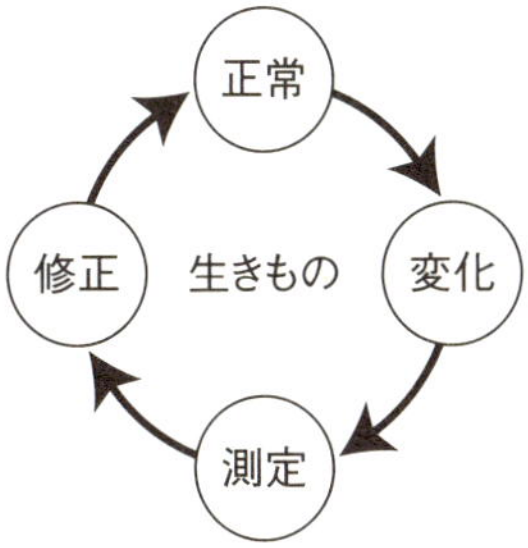
正常
変化
測定
修正
生きもの
①自律できる

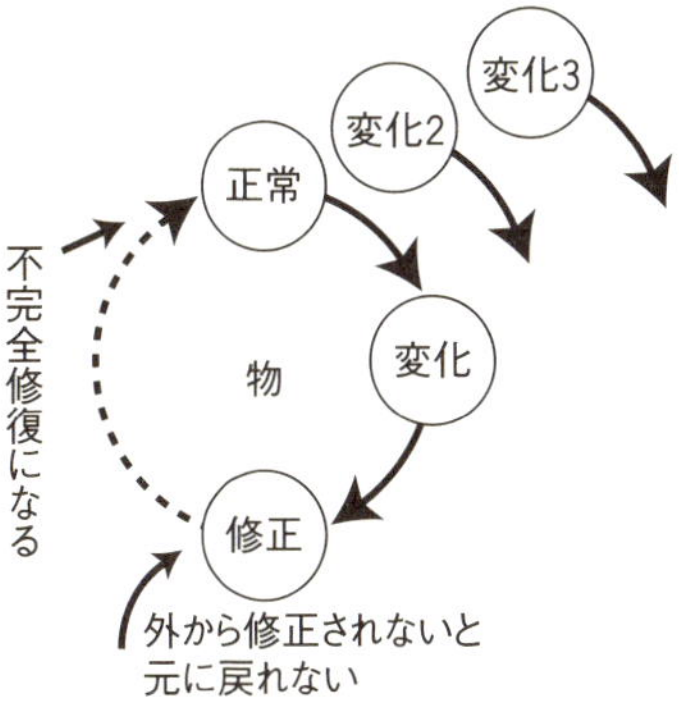
変化3
変化2
正常
変化
修正
物
不完全修復になる
外から修正されないと
元に戻れない
②自律できない

うとはしません。物化は進むばかりです。

環境など様々なことが社会問題となるのは、要約すればそれらが未来を害するからですが、それは天が未来の本人に代わり、忠告を発していることでもあります。

心を磨き、天の声を聴き、失敗災難など問題を反省し、フィードバックして生き方を修正する、それが人ではないでしょうか。

以上のように、今の社会のおかしさは、見える物しか見ようとしない物質文明の、表面的・皮相的見方と、深く考えない今のライフスタイルによる物化潜在力、つまり私達が物化して生じています。

でも、私達は競争して物を増やす、その忙しさで心を減らすので、自分が物化しておかしいこともおかしいと気づかず、平気でおかしいことをやっています。逆さまゆえに。

二、見かけ通りではない社会

《建前社会》

今のライフスタイルは二元論なので、次の理由などで強者に従う生き方になります。
①競争で勝った強者は、負け組の弱者を雇って君臨する「人の上に人をつくる社会」ゆえ、

②負けても、常に有利な立場に立とうと、地位・高給・権力・好条件を与えてくれる強者側につくから。
③自分の食料は自分で得る、という生きものの基本を忘れて、強者に雇われ、強者にお金を貰って食料を得る生き方だから。
④二元論物質文明は反自然の力の文明なので、天に従わず強者に従うから。
など、主に競争により強者に従います。

するど、いくら自分の意志で動きたくても、それが強者の意に沿うのか沿わぬのか、沿わぬものなら、自分を抑え、殺し、良心に言い訳して縛り監禁して、良心も意志も働かせず、強者の意志で動きます。

これを建前と言い、競争が建前を生み、両者は表裏一体、両者が逆さまな世にする主謀者であり、天に従わぬ心より生まれます。

強者の顔色をうかがうライフスタイル。

誰がほんとを

誰がほんとをいうでしょう、
私のことを、わたしに。
　よその小母さんほめたけど、
　なんだかすこうし笑ってた。

誰がほんとをいうでしょう。
花にきいたら首ふった。
　それもそのはず、花たちは、
　みんな、あんなにきれいだもの。

誰がほんとをいうでしょう。
小鳥にきいたら逃げちゃった。

きっといけないことなのよ、
だから、言わずに飛んだのよ。

誰がほんとをいうでしょう、
かあさんにきくのは、おかしいし、
(私は、かわいい、いい子なの、
それとも、おかしなおかおなの。)

誰がほんとをいうでしょう、
わたしのことをわたしに。

相手や他人を思いやる、これは日本文明の美しい伝統ですが、建前にもなる欠点です。ところが、競争社会では、この欠点の方が有利に働くので、今では欠点の方が普及し、思いやりを失《な》くし、本音が分からず、建前に騙される建前社会になっています。

《良心不要ウソだらけ、神・自然に背く社会》

我欲追求の強者、及び強者に従う者、この両者の下心を正当化するための言い訳、良心を働かせず計算しながら本心を隠しての言い方、これが建前です。早い話、ウソがウソと悟られないように、上手につくウソ、上手な言い回しです。**頭のいい人にしか使えぬ上手な詭弁**です。

知恵遅れの人の心が美しいのは、建前が使えないからではないでしょうか。

また、良心とは神の指示を受ける分神なので、良心を殺して建前を使うことは、神の指示を遮断して、天に背き神に背き、神・自然に反逆することです。

しかし、建前を上手に使う人が、高地位、高権力を握り国をリードし、私達も彼らを目指して競争するから、社会全体が建前社会、ウソだらけの社会、何が本当で何がウソだか判らぬ社会、おかしなものがまともな、神自然に背く逆さまな社会になっています。

たとえばタラコは、赤く着色されたものは危ないからと避けますが、最も危ないのは、着色していないものです。

わざわざ穴をあけ、さも無農薬の虫食い野菜のように見せるのと同様、さも自然のもののように見せるためそのように漂白着色してあるからです。本当の自然のものは、毛細血管が見えて見かけが悪いから……。

また、遺伝子組み換え作物の最大輸入国が日本ですが、そんな表示のある食品、見たことがありますか。含まれていても表示しないで済むように、業界のために骨を抜いてあるからです。

こうなるのも、私たちが信じ従う最優秀の国の指導者たちは、見かけは立派だが心は悪く、法律も条文は立派だが中身は天下りに有利になるよう、業界のために骨を抜くからです。

だから、建前社会とは、※1嘘の社会、嘘が白昼堂々と罷り通る信じ難き社会、おかしなことに一生懸命努力することがまともな、おかしな社会です。

甘くて不十分な
法律なのに……
みんなもう
安心しちゃって…
今ではダイオキシンにも
無関心……
YI
立派な建前条文で安心させ、肝腎なところが骨抜きにしてある。心が少なく、頭のいい官僚が作るから。

だから、おかしいことがまともで、まともなことがおかしいとされます。

たとえば、糖尿は完全に※2治る病気です。でも「治らないから一生上手につきあいなさい」と、そのつきあい方を教える、つまり治さないで合併症への道を残すことがまともで、治す方法を教えるのは、まともでない社会だから、治る情報に出合っても調べてみようともしません。

こうなるのも、今の社会が逆さまで不自然な、神・自然に遠のく方向に向かうからです。

「ガイアシンフォニー第四番」の中で、版画家の名嘉睦念さんは「鳥は演技できず、本心で行動しているから、観察すればその意志が分かる」と言っています。
人も赤ちゃんの時は、建前など使わず、本音で行動します。それが、育つに従って親に合わせて本音を調節することを覚え、世間に出ると本心を働かせません。
なぜなら、競争社会は良心不要の建前社会、良心を働かせれば競争に負けやすいからです。
元々、生きものはすべて神の子であり、
本心＝良心＝霊魂＝分神＝神＝自然
として、本来、自然・良心に従うべきなのに、物質文明はそれを認めず許さず、神・自然に背き、神・自然を破壊征服する方向に進んでいます。だから、今の社会は、良心にとっては過酷すぎ、それでも良心をどうにか破壊から守るには、鎧を着せウロコでガードして、働かせず、地下牢に監禁しておく必要があるのです。

(偉い人が建前を使うのは、この世が逆さまだから。)
(偉い人ほど頑丈な鎧《よろい》をまとっている。)

代わりに別な頭、天に従わず強者に従う頭、強者に教育された頭を使い、頭で上手に言い訳して建前とするのです。

こうして、良心不要の建前社会となり、成長に従い、良心に従わなくなるのです。

でも私たちは、改めようとしません。

※1　驚きました。Y食品以降、こんなにまで嘘をつかれているとは。そして嘘をついている人は、皆大学出です。
※2　巻末参照。

《お天道様に背く努力》

このような建前社会での優秀な人とは、嘘とは思えない上手な嘘を上手につく人、という面が強く、その言い回しの最も上手な人達が、国を指導し法案を作るので、法律ができて安全と思っていたら、トンデモナイ骨抜き法律となります。

○自衛隊は軍隊でない、とか、
○安全軽視の安全基準、

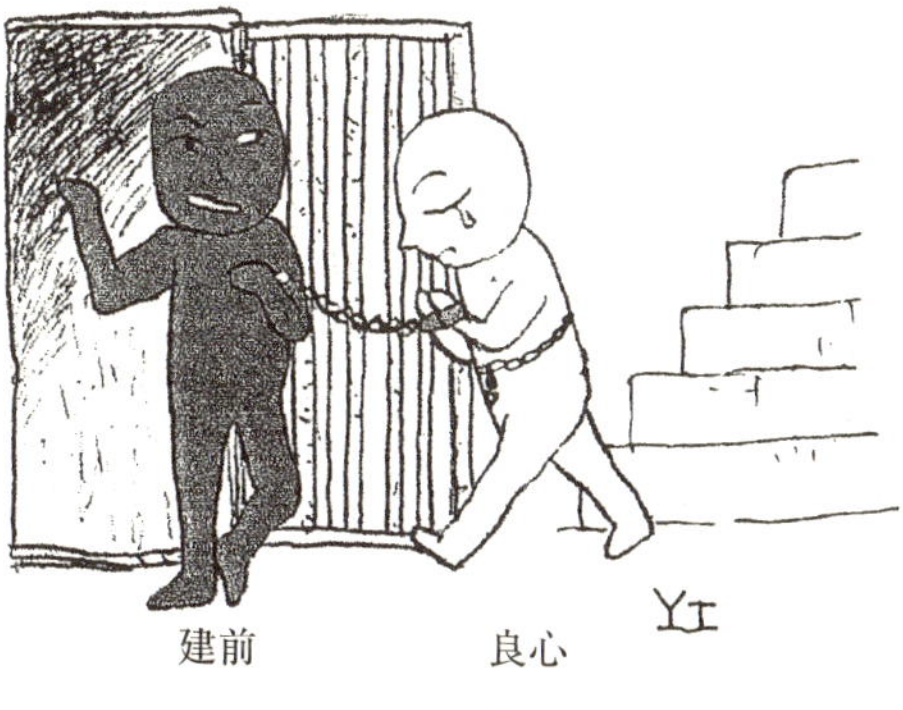

などは、常識に囚われず、よく考えてみればおかしいと分かる、骨抜きの最たるもので、こんなものが罷り通るのも、社会全体が、何が本当で何が建前なのか分からぬ社会、逆さまの社会になっているからです。

こんな嘘だらけの社会で、本心を働かせずに生きているなんて、これはちょうど、嘘で固めたバーチャルリアリティの世界で生きているようなもので、こんな生き方をしていたら、本当の自分の一生、悔いのない一生、充分納得し、充分※満足して死ねる一生にはならず、エンマ様も同情するような、情けない一生になるかもしれません。

※私もいい加減な一生になるのを見越して反省したら、一元論に気づきました。

私たちが、真面目に善良に、一生懸命、社会

アフガン東京会議でのＮＧＯ出席問題で、嘘をついている族議員には感謝し、まともな外務大臣をクビにするのは、良心不要の逆さまな、嘘で固めた社会だからか……。

を良くするために、勉強努力しているのに、環境や心身が破壊されるおかしな逆さまな世になるのは、良心＝分神＝神に従わず、良心を縛って建前を使い、強者に従うからです。

人間強者が、神を追放し神の座を奪い、すべてを支配しようとしているのに、そんな強者を信じ従って、真面目に一生懸命、強者に協力する努力、神を追放する努力をしているからです。

だから、今のライフスタイルでは、本心・良心が働けば、社会から弾き出されます。

いじめられたり、不登校、引きこもり、世渡り下手などの人たちは、良心・本心に従うから、良心に従わぬ今の社会が排除するわけで、彼らばかりの社会になれば、間違いなく大和魂がよみがえって、みんなで仲良く暮らしなさい、という神の指示する方向に方向転換するでしょう。

最強、最先端の強者は神の座を狙うが
私達はそんな強者を支持する

しかし私たちは、建前社会の建前教育で、強者に従うよう教育され、強者に従う社会を作ってしまっている上、自分自身が何のために生きているのか、目的も意志も不明確ゆえ、会社のために働くことが、かえって社会をおかしくすることも知らず、知っても改めず、偽りの一生を送る人も多いようです。

　戦中は、真面目に努力して高地位にあった人ほど若者を死に追いやり、戦争犯罪人の部類に属しました。それなのに、軍人恩給は大将はおおよそ八百万円、兵卒はおおよそ百四十万円。しかも戦争を阻止しようとした人達の名誉は回復されていません。※今も戦中も逆さまだから……。

※今も…実は戦後の体制が戦前・戦中と同じことが、安全を無視し世を逆さまにしている原因です。次回に記す予定。

たとえば、メガネのH〇〇Aと言えば、高い技術力を持つ超一流の光学ガラス企業。

ところが、こともあろうにこの高い技術を、米国やフランスの※1核兵器改善開発事業に提供し協力しています。

こんなことを、大学出の超エリートたちが平然とやれるのは、※2みんなのための大きな目的がなく、自社の利益のための小さな目的しかない会社や人工の法律にのみ従い、建前で言い訳して良心に従わぬからです。

※1　米国の核兵器を改善強化する「国立点火施設（ＮＩＦ）」や、仏の水爆研究施設「メガジュール」。

※2　みんなのため……147頁参照。続々発覚する偽表示食品もその一つ。

《危ないものでも使わせる安全基準》

物質文明は、見えない魂を認めない上、おかしいと思っても、

〇感じた心に従うのではなく、

〇常識で洗脳され固定化された頭に従い、

〇自然の秩序にではなく、人工の法律、天にではなく、強者に従う文明です。

だから、動植物の命を平気で殺すのはおかしいと感じても、食料のためには動植物なら殺してよい、と教えられている頭に従い、平気で殺し利用します。

人の場合は殺しはせぬが、他人が死のうが合法であれば、という二元論分断意識を教えこま

れた頭で、経済のためには、多少の犠牲はやむをえないと、実質的に殺しても平気です。

だから安全基準も、一部の犠牲者のために経済を犠牲にしてはならない、という安全軽視の安全基準になっています。

安全基準には、二つの考え方があります。
A. 危なっかしいものは使わせない。使えば大きく儲かるが、命や安全には代えられないから、疑わしきは使用せずと、経済より命・安全を重視する考え方。
B. 必ずしも危険ではないのに、みすみす大きな儲けを見逃すことはないからと、ギリギリまで利益優先、一部の犠牲はやむを得ない、疑わしきは使用する、危険が立証されるまでは安全として使わせる考え方。
問題はBです。被害が出ても、被害者も危な

（危ないかもしれぬが、経済に有利な上記Bを用いる日本）
波打ち際ギリギリまで行き、たくさんとる日本人。

（A．虎穴に入らないので殺されない）

（B．虎穴に入って虎子を得るが、親虎に殺される場合もある）

いかもしれないというB方式でできた法律を認めていたのだから、被害を与えた責任はあっても違法ではなく、危なっかしいものを使わせた責任は追求されず補償金による和解で済ませ、一部の被害者のために大きな利益を逃す必要はないと、そんな安全基準はそのままにして、同じ過ちを繰り返す体制はそのまま残すからです。

《安全軽視の安全基準とも知らず……》

化学物質は魔法の媚薬、副作用さえ気にしなければ、経済効率抜群、大きな利益を難なくもたらしてくれます。

だからBの安全基準は、化学物質を使って大きく儲けたい人達にとっては、まことにありがたい基準であり、日本がダントツに疑わしき物質も使用できる根拠であり、農薬添加物・殺虫剤などを、他国に類を見ないほど多岐に使って、**国全体で人体実験をしている**根拠になっています。

今や本家欧州を抜いて、物質文明の最先端となった日本ならではのことです。

欧州諸国は物質文明先発国なので、その欠点も体験反省し、それからの脱却も図り、安全重視に向かってAを採用しているが、日本の場合はB、危なっかしくても、一部小数の犠牲は全体の利益のためにはやむをえない、として使用させています。

それなのに、私達は、そんなこととは露知らず、

安全基準自体が
危っかしいんだよ
だって、
こう習ったじゃないか
教科書
YI

裁判して初めてⒷの安全軽視の安全基準と実感するが、それが一般の人にいくら訴えても通じない。マインドコントロールされて「国がそんなことするはずがない」と信じきっているから。

安全基準があるから大丈夫と勘違いしており、裁判をやって初めてそれに気づきます。

だから被害者は、二度と同じ過ちを繰り返さないよう、疑わしいものは使わないでと願うのですが、ギリギリまでねばって、大きな利益を確保したい人たちは、一部の被害者のために大きな儲けをみすみす逃してしまうような、Aの疑わしきは使用せずとする安全優先の、被害が起こらないシステムに改善することだけはやりたくなく、補償金を払う和解に持ち込み基準そのものは改めさせません。

だから、あれだけ被害を出した水俣病やエイズでも和解で済ませ、どれだけ被害者を出しても安心して危ないものでも使える安全軽視の安全基準、利益を最大限に優先するシステムだけは死守する構えです。

和解は、負けたくない
被告は目的を達し、
勝ちたい原告は目的を
達成できない。
実質的には原告の敗訴。
高級官僚は上告をくり返し
原告の高齢化・死去による
気力減退を狙って、
和解にもちこむ。
YI

（エリート達のその場しのぎの建前謝罪）

《被害者ではなく加害者を守る安全基準》

このような、危ないかもしれないが、今はまだ危険と立証されていないから使わせる法律の下で被害を受けた場合、被害者もそんな法律を認めていたのだから、と、被害者の責任は免れません。

反対に、加害者側の違法性はなく、危なっかしいものでも使わせる法律によって、ガッチリと保護されています。そうでなくては、危ないものを安心して使えません。

だから裁判すると、当時、疑わしきの域を超えて危険と立証されていたかどうか、被害者が証明しなくてはなりません。

こんなこと不可能です。熊大医学部が有機水銀が原因と立証したら、御用学者に反論させて、十年近く立証を阻んで垂れ流しさせた水俣病を見れば判ります。
でも、こういう安全基準にしているのは、「大きな利益や国際競争のためには、弱者の犠牲はやむをえない」とする人を選び、代表にする私達です。
問題は私達の選択です。そして、安全安全と宣言しては薬害を重ねているのはなぜか、これも深く考えぬ私達のせいです。

《危険と分かっても安全宣言をする》

因果関係がはっきり判る被害であっても、使用者は安全無視の安全基準で保護されているのだから、それが判り難いものなど心配する必要

安全、安全と言っておれば、裁判になっても、当時は安全と思われていた、といい訳して免罪される。

「構造改革とは何か、と答えられる国民は一人もいない。一種のお経みたいなもので、構造改革、構造改革と言っておれば人気が上る」(山崎幹事長)
(02、8、1朝日)

はなく、安心して使えます。

第一、因果関係が明確なものなど許可していません。問題は、何年も後になって、じわじわだらだら何かおかしいと感じるが、診てもらっても分からないような、疑わしい化学物質がご・まんと認可され、あらゆる方面から身体を攻撃しているのですから、被害者による因果の立証など不可能です。

そして極めつけが安全宣言です。安全安全と言っておけば、裁判になっても当時は安全と認識していた、と弁明すれば免罪されるから、危険なものを使わせても**責任とらないですむ**ようにするには、危険なものでも安全と言っておかねばなりません。

安全宣言は、当時は危険が立証されていなかったと主張できる免罪の有力な手段、こんな下心もあることを知るべきです。

介護福祉法を作っている頃、私は東京でタクシー運転手をしていて、医療関係者と思われる若い二人を乗せました。車中で一方が「霞ヶ関の連中は、現場のことは何も分かっちゃいない……」と憤慨してキャリア組を批判したら、相棒は「頭のいい彼らはそんなもんじゃない、彼らは知り尽くした上、庶民が苦しもうが困ろうがそんなことはどうでもよく、いかに自分たちが有利に天下れるか、万一の時いかに**責任とらなくてすむか**、自分達のことばかりを、**お前の**

ような批判は承知の上で、先の先、裏の裏まで手を尽くし、我々の歯が立たぬような対策をとっているのだ」と話しているのを聞きました。

実は私も信じきっていましたが、この相棒の視点で見ると、符合することばかりなので、なぜなぜと考えていったら二元論に達しました。このお客様は、人生後半の神様のお使いのような人になりました。

《ずるずるだらだら、はっきりしない社会》

見える表面しか見ない今の生き方では、奥に潜む欠点・副作用まで見ようとはせず、表面の便利・豊かさなどの利点を追い求め、著しく便利・豊かに効率良くなりますが、そのうち、奥に潜んでいた欠点が春のたんぽぽの如く表に現われてきます。でも、表面の現象・症状だけを消す対症療法で深いところに潜む真因を排除しないから、問題の先送りをする症状消しだけに終わり、問題は逆に、こじれたり複雑化したりして真因を見えにくくして、いつまでもすっきりしません。そんな世にもします。

頭のいい人たちは、自分の利益を追求していることを表に出さない。

星とたんぽぽ

青いお空の底ふかく、
海の小石のそのように、
夜がくるまで沈んでる、
昼のお星は眼にみえぬ。
　見えぬけれどもあるんだよ、
見えぬけれどもあるんだよ。

散ってすがれたたんぽぽの、
瓦のすきに、だァまって、
春のくるまでかくれてる、
つよいその根は眼に見えぬ、
　見えぬけれどもあるんだよ、

見えぬけれどもあるんだよ。

元々、様々な社会問題は、自分の生活、或いは、生活関連事項、即ちその元となる心から生まれているので、心や生活習慣を改めるべきなのですが、心は軽視するし見える現象しか対策せず、見えない真因はそのままだから、根本的な解決はできません。

ちょうど、生活習慣で作った生活習慣病を、高価な薬で鮮やかに症状は消すがさっぱり完治せず、ずるずるだらだら一生病院通いさせられるようなものです。

法律や制度、技術や商品など、自分以外の人工物で解決させても、自分さえ……などの真因である自分の心や生活習慣は変わらないので、時が経てばまた現れます。

だから、ライフスタイル……、となるのですが、問題が起きその対策で経済を上げるから、経済効果のないような対策は必要ないのです。心や生き方を改めるような……。

「すべての戦争は心の中から生まれる、すべての平和は心の中から生まれる」とある国連ユネスコ憲章

私たちの行動・生活習慣はすべて心によって行われます。その心を育てず頭に無視されるほどの心になっていて、その頭が強者に洗脳されているから、おかしな世の中になるのです。

N.T

たとえば、糖尿は食や運動などの習慣を、本気で改めれば治るのに、完治してしまっては、ガン、透析、エソ、失明など、大病の合併症による経済効果は望めません。ずるずるだらだら一生病院につきあってもらえば、確実に医療ＧＮＰは上がります。

そして、時間をかけて、少しずつ悪化するものは、因果関係の立証は更に難しくなるので、ずるずるだらだらいつまでもすっきりしないことは、金を使わせ経済を上げるにはまことに好都合です。だから、生活習慣を改め、心を改めて見えない根本から正そうとはさせず、見える症状消しの対症療法でずるだらさせて金を使わせるのです。だから、因果関係が分からなければ、危っかしいものでも使わせたいのです。

相手の立場に立たず自分の利益を追う今の社会

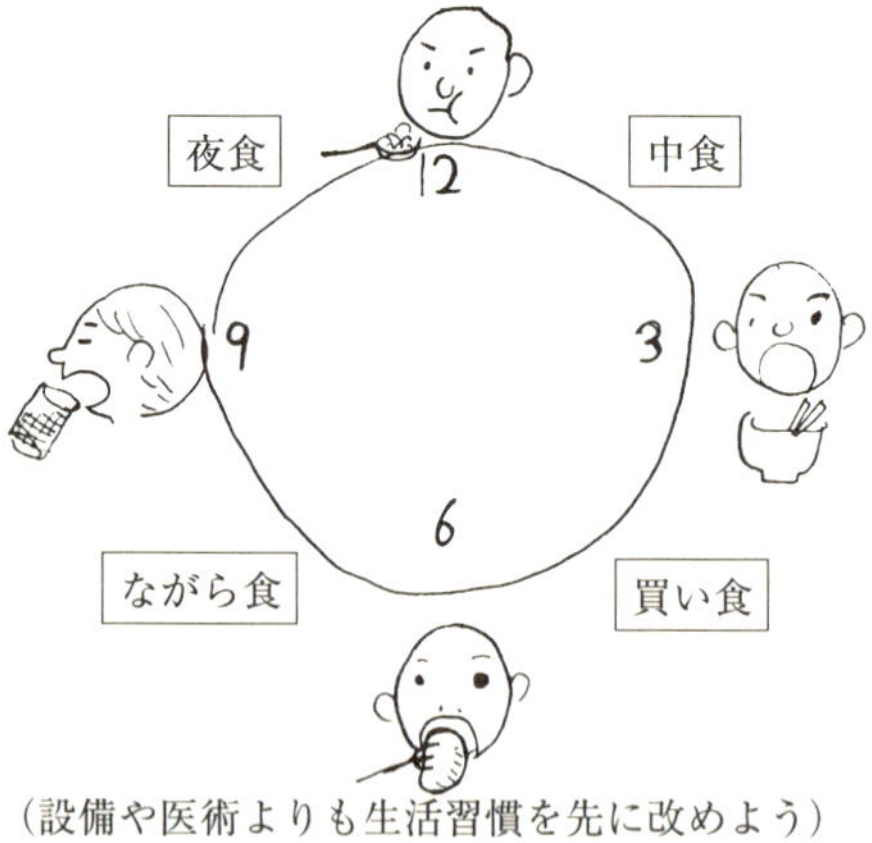

（設備や医術よりも生活習慣を先に改めよう）

24時間、食べものが買える便利な社会で、メリハリのない、空腹感のないだらだらずるずる食が、食べものへの感謝を忘れさせ、ずるずるだらだら感を身につけさせている。

には、糖尿病に限らず、完治させない対策の方が望まれるのです。問題がすぐ解決したら、それ以降金は使わないから……。

《平気で命をお金に変える社会》

二元論の文明人は、何事も自分以外のものを使って行うために、自分の質を高めて力をつけるのではなく、自分以外のものを良くしようとします。

すると、自分を見つめず反省せず謙虚になれないので、傲慢で高慢、尊大不遜で他人の言に耳を貸さず、他人に優しくなれず、相手他人には厳しく当たります。

こういう人が実力をつけ権力を握ると、国民を馬鹿扱いして、落ちこぼれ切り捨てのエリート教育や情報隠しなど、弱者を平気で切り捨て、弱者から平気で搾ります。

ハンセン病患者を社会から切り離したり、公害を与えても上告を繰り返して、被害者が高齢で死ぬのを狙うなどし、正当な弱者を冷酷に扱うのは誰ですか。最も頭の優秀な人たちです。

ある医学博士はミネラル水ですべてのガンを治す実績を積んだ。
友人のいる厚生省に申請したら、「お前そんなもの作ったら殺されるぞ…」と忠告された。
N.T

遺伝子治療など新技術が開発されると、設備回収と利益を求めて、難病大病を増やす方向に向かい、健康にするようなものは嫌われる。

こんな人の奥の院が、西洋の最強の黒幕です。彼らは裏で戦争や慢性病を画策し、軍需産業や、抗ガン剤などの薬剤で儲けるなど、大衆を愚鈍な家畜並のクズとして被害を与え、困らせ頼らせて金を使わせ還流させているのに、恩着せがましく援助し、影響力を得ています。

しかし私たちは「世界は一つ」とか、国連ＩＭＦなどの、表のすばらしい理念に惑わされて、※1彼らの存在には気づかず、グローバル化とか国際化とかの美名にだまされっぱなしです。

こんな、勝手し放題の最強者にとって、面白くないのが、大衆が敬う神です。最強の自分達より偉大なものは許さず、自分達が主役にならぬと気が済まず、追放するのです。

だから、巨大資金で最高の科学者に遺伝子操作や臓器移植などの最新技術で神業にとって代わらせ、莫大な利益を稼ごうとしており、それに続けと群がるのが……。

こうなるのも、見えぬ魂を認めず、万物皆兄弟とはせず、

黒幕達は
テロや戦争・不況
経済破綻などを裏で
画策し、人々を恐怖と
混乱におとし入れる。
困れば困るほど
強者に頼り自由を
制限されても
強者に決定権を
委ねるから…

人間のためなら……と、平気で命を殺す二元論から派生しており、まずこんな※2裏の事実を知るべきでしょう。

※1　※2『日本が闇の権力に支配される日は近い』（中丸薫著／文芸社）、及び『世界超黒幕』（ディヴィッド・アイク著／三交社）参照。

《善良な人たちが逆さまな世にする》

以上のように、頭のいい強者たちは、経済や便利豊かさのために安全を軽視する安全基準にして、危なっかしいものでも使わせる安全宣言をし、様々な化学物質漬けで因果が分からぬようにし、再び問題が起こるような完治せぬ対策をし、ずるずるだらだらすっきりさせずに、経済を上げたり、困って強者に頼るように導くようなことをしています。

経済のためには国民の犠牲は仕方ない、と、弱者を犠牲にする根底には、魂や万物皆兄弟を認めず、人間のためには生きものを殺すのは当然、として命を平気で殺し利用する文明人の拠り所である西洋物質文明が

文明人は人間が一番偉いとして、動植物を平気で殺すが、非文明人は万物皆兄弟として仲良くする。

あり、そんな非人間的行為はそこから派生し、その延長線上で起こっています。
見えないものを認めない物質文明人が、見えない心や魂・神などの、
神—魂—心—愛—自然—共生の一元論の**精神文明**
を、軽視無視して、
人間—肉体—頭—力—人工物—競争の二元論の**物質文明**
の、神・自然を征服する社会にしているから、そんな逆さまなことをするのです。それゆえ、善良な人、優秀な人、真面目な努力をする人ほど、何も知らぬが故に強者を信じて、見える部分は著しく良くするが、見えない部分を徐々に悪くして、結局は、神自然を征服する強者に協力して、この世を逆さまにする手伝いをしているのです。

こうなるのも、今の生き方が**競争と建前で**、**心不要の善悪不問社会**となっていて、心から生じる一元論の、愛情・友情・思いやり、感謝・感激・譲り合い、同情・あわれみ・励まし合い、足りない時は分かち合い、困った時は助け合い、恩義忘れぬ義理人情など、心に関するものが不足する二元論のライフスタイルになっており、相手他人の立場に立たず、一方的な自分側の立場にしか立たないからです。

最も頭のいい人たちが一元論を軽視し二元論を用いる国の指導者となり、国民のことより天下りや票や利権のために働きながら、それを建前で上手に隠しているのに、忙しくて深く考え

ない私たちが表面上の彼らの建前を真に受けるからです。

そして前述のＨ○○Ａのように、会社のために努力することが水爆の改善・開発協力になるように、**全体の大きな目的を考えないまま、**目先の目的のために真面目に努力するからです。一度ゆっくり考えてみて下さい。

以上、今の社会は見かけも制度も立派だが、仏作って魂入れず、いいのは表面だけで、気づかぬだけの逆さまな社会です。

三、問題は自分

《すべての問題は自分自身が原因》

物質文明は見える表面しか見ないので、建前を使う人には好都合。だから牛肉でも、安全、安全と宣言しているのは、

（忙しい私たちは、物質文明の皮相的見方で、深く考えず、頭のいい人の建前に騙される）

○消費者、国民のためではなく、
○余って売れない在庫のため、
○天下る先の業界のため、
○選挙のため、及び、
○万一の裁判の時の、責任逃れ、
などのために、口先だけで安全宣言していることが、深く考えると分かります。分からないのは建前が上手だからですが、建前にだまされる私たちの、**深く考えぬ自分**のせいでもあります。


生きものはすべて、自分が主役です。

この社会も、人が生きものなら、民が主役の民主主義となるのですが、人が物や家畜や奴隷・ロボットならば、一部の権力者が主役の中央集権強者中心主義になります。

従って、物化して逆さまな世になるのも、危ない安全基準になるのも、最終的には、
○私たちが主役の役目を果たしていないのか、
○主役の私たちがおかしいのか、
のどちらかですが、現実では、おかしな安全基準になっています。

棚ぼたの民主主義で、私たちの民主主義は主役意識がなく、お上任せ、何事にも、

〝そうなっているから……〟

〝そんな法律だから〟

と、自分たちで法律や常識を改めようとする主役意識はなく、人任せの、形だけ、名ばかりの、実際は、官僚など強者の操る民主主義＝中央集権になっています。

そしていつの間にか知らぬ間に、その高級官僚が作ったプログラムを頭にセットされた私たちは、安全よりも安さ・簡便さで選び、「経済のためには多少の犠牲はやむをえない」という強者の価値観を植えつけられ、そのような商品・政治家・政策を選び支持する生き方をしています。それもこれも、そうするように教育された私たち自身が、そう行動しており私たち自身の責任です。主役の私達もおかしいのです。

すべては私達の責任。それが民主主義　N.T

政策を決める政治家を選ぶのは私たち。危ない商品を選んで、会社に儲けさせるのは私たち。私たちの責任、それが民主主義。

逆さまな世になるのも、危ない安全基準になるのも、いや、すべての社会問題は、主役が責任者なのだから、すべては主役の私たちの問題であり、そんな行動を起こす自分、或いは建前を受け入れる皮相的な自分の心・意識・考え方・生き方が問題であり、問題は自分なのです。

だから、問題解決の法律や制度に改めると同時に、**自分の心も改めることが絶対不可欠**です。すべての行動の源は心だから、心と制度の両面を改めるべきです。

ところが、心を改めない上、法律を作る頭のいい官僚たちや運用する優秀な人たちは、法の抜け道を用意したり探しているのに、私たちも法律ができたからと安心して、生き方や心は改めようとはしません。

最終的には、牛肉が安全かどうかが問題ではなく、疑わしいものを食べるか食べないか、自分の問題です。

その理由が次のタイトルです。

《諸問題は天からの忠告とみないからです》

見直し、改めぬ私達の心は、競争によって、自分さえ……、の二元論で、みんなのための他利の意識のないままの心、すなわち、競争のため経済や効率を重視し、競争力のある若者や強者中心社会にする心であり、足手まといの老人・弱者は切り離し、切り捨てする**心ない心**です。みんなで仲良くという神の指示より、競争のためには強くて優秀な人のみ大切、とする、天に背く心です。

今のライフスタイルが、神・自然から遠のく方に進歩しているのだから、こうなるのはもっともですが、神から遠ざかる不自然な方に進めば、問題が起こって当然でしょう。

法律などで対処するのは、効果·効力のある手段。だから強者は、法律に支配管理の目的も潜ませる。
例えば、人権擁護という誰でも賛成する法律を強化して、実はメディア規制の手段にしようとしている。
盗聴法や総背番号もそうだが、彼らは常に誰でも喜ぶような利点を前面に掲げ、本当の狙いを隠して法を作る。気づいた時は法は定まっているから、そうならぬよう、自分達のことは自分たちで規制する**一元論の自主規制が必要。**
YT

自主規制しないと、強者に好都合となる。

だから、環境破壊や狂牛病など、あらゆる社会問題は、不自然な生き方の結果であり、神から見れば、下図のように忠告しているのに、耳を貸さず問題を起こしている、とも言えるから、すべての問題・トラブルは、天からの忠告と言ってよいと思います。

事件・災難・大病・トラブルなどを、そう受け止められれば、それらはありがたい〝気づき・学び〟と感謝でき、反省し心を改めるでしょう。

事件・災難にさえ感謝できるようになれば、どんな世の中になるでしょうか。

神の指示を聞くには、心を磨き良心を働かせなければなりません。そのためには心を見つめ反省する必要がありますが、忙しさと人の本質は心ではなく肉体とする物質文明で、

イエローカード
『指示と異なりますよ。
そんな生き方をしていると
取り返しのつかぬことになるから、
ギリギリまで利益追求せず、
ホドホドで止めなさい』
N.T

心を見つめ反省する習慣を失っています。

しかし、すべての行動は心から生まれます。制度や法改正だけでは天の命が聞こえず、神の指示に従わぬ生き方を繰り返し、数年後、また同質の問題をつくります。そうならないよう、天命が聞こえるように心を磨くべきではおないでしょうか。

《神様仏様を目指す教育を》

従って、失敗・問題・トラブルは、〝気づき〟〝忠告〟として、自然の掟・法則に従い、自分のことは自分の身一つで解決する生きものの基本に従って、自分自身を見つめ反省すれば、心が磨かれ心が育ち改められ、過ちを繰り返さぬ上、個が確立して、

○自分のことを自分で判断・実行でき、
○強者に依存して強者に自由を制限されず、
○自分の意志を通すことができ、
○小さなことにこだわらぬ自立した大人、

になってゆきます。

そして、更に心を磨けば、何事に対しても誰に対しても、怒ったり、憎しみ・恨みつらみ・悪口・雑言・グチ・不平不満など、マイナス面とは一切無縁で、かつ小我に囚われず、仏様のよ

うな人になるでしょう。そうなるようにみんなが心を育てれば、どんな社会になるでしょうか。

みんなで仲良くという神のメッセージは「あなた方は本来、神の子として神そのものだから、そうなりなさい」と言っていて、そうなるようにするのが、本来の生き方・教育ではないでしょうか。

死ねば仏様になるのだから、生きているうちに神様仏様になったら早すぎますか。せめて家庭では、そう教育したいものです。

《仏様より鬼になれと》

ところが今のライフスタイルは、人の本質は心ではなく肉体としているし、競争のため常に有利な立場を保とうと、自分が問題、問題は自分にあるとはせず、責任を自分以外のものに押しつけ、反省せず、何よりも神様仏様になられては、
○問題起こらず、困らず・頼らず・消費せず、
○経済力が上がらず、強者が恩着せられぬゆえ、
そうはさせじと心を見つめさせず、神様仏様になるような、孔孟神仏の教えや宗教などは一切教科に入れず、自分の心ではなく、商品など自分以外のものをよくするようにと、物質文明を教え追求させます。

それ故、きれいで立派な家、でも家族はバラバラ、立派な制度、しかし心は伴わず、見かけの割には冷たい人や社会になります。

だから役人は、

法律や慣例がどうのこうのと現実無視の教条主義になり、法律や制度を使うのではなくそれらに使われ、それらを使って人々や社会を操る強者に操られる使用人となり、

人も社会も、自分たちのことを自分たちで決められず、遠くの中央で決める、強者に操られる社会、適当に問題を作り、その対策で強者が儲かる社会、建前を信じ込ませて裏で官僚・族議員・業界が儲ける中央集権になります。

こうなるのも、自分以外のものは良くするが、自分の心は改めないので、心が育たず、自主規制ができず、いつまでたっても天に従う自立した人になれず、強者に従って自

仙台
「地球村」の阿部
信雄さんはホーム
ステイを受け入れて
いるが、日本の学生
との違いは、彼らは
大人だ、とのこと。

分では判断行動できない自立できない大人、となるからです。

だから日本の場合、人も社会も自主独立心のない、自分たちでは決められぬ、形だけ名ばかりの、幼稚な民主主義や幼稚な大人になります。

外務省や保険金殺人などのモラル崩壊は、このような心を育てなかった長年のツケです。

いずれにせよ、神の子として天に従い自由に行動されては、自分達には従わない。だから、仏様を目指すなど考え出さないように、魂や大和魂をタブーにして、建前と競争で心を殺して鬼にさせています。私達に必要なものは、自由・独立であり、それによる自主・民主です。

《グリーンコンシューマーが増えなければ……》

ところが、同じ物質文明でも先発国の西洋は、その欠点も体験し、また、宗教を通し心を見つめ反省もするので、そのおかしさにも気づき、そこからの脱却をはかる人も増えています。そして、物質文明になっても、自分のことは自分でさせる家庭教育は堅持して、自立した個人に育てて、そんな人たちが、自分たちが主役の民主主義を育てたのではないでしょうか。

だから安全基準も、自分達のこととして捉えるから、危ないものでも使わせる業者側の基準を採用させず、国民・消費者が主役の、前述Aの基準となるのではないでしょうか。

欧州諸国が、農薬・添加物など安全に厳しく、環境に真剣に取り組むのは、それらを自分のこととして、自分達で判断し行動し、自分達が主役として経済より安全を選ぶグリーンコンシューマーが増えて、そんな彼らが政治に参加するからです。だから、政治家も経営者も医師も皆、経済より安全を重視しないと国民に拒否され、落選・倒産させられるから、グリーン政治家、グリーン経営者など、皆グリーンになり、経済より安全重視になりました。そうするのは市民です。すべては主役の民・**私達が問題、私達の心・価値観・意識の問題**です。が、日本にはそんな気概はなくお上任せ、その上グリーンコンシューマーは僅か一パーセント。

まず一人一人がグリーンになり、自分たちの手で……と社会参画すべきです。

「一人ではどうも……」という人は、嫁・姑、不登校など、日常問題を、井戸端会議風に語りあって解決法を見つけるなど、みんなで楽しくやっている※地域地域の「地球村」があるので、一度気軽に遊びに行ってください。

※地域「地球村」の問い合わせ先は、巻末に。

今でこそ自然保護や環境問題に協力する企業もありますが、昭和四十年代ではまだそんな概念もなく、ある一流企業の社員が自然保護運動をやったところ、上司から「自然保護運動は企業の敵」と言われて圧力をかけられただけではなく、人事担当の役員からは「環境保護活動をやるなら会社を辞めてからにしてくれ」とまで言われたそうです。しかし、その人は気骨があって、「勤務時間外の活動まで拘束されたくない。悪いことをしているならともかく、正しいことをしているのだから」と、**きっぱりと反論**したそうですが、その後、後輩を上司に据えられるなどの嫌がらせを受けたそうです。

また、この人と同じ活動をしているグループの、地域でお店をやっているメンバーに対しては、地区の実力者から「あんな連中と一緒に活動しているのなら、お前のところに客が来ないようにしてやる」と恫喝され、その活動には、革新系の政党も同調していたことから「自然保護を名目にアカの運動をするような連中と一緒になって……」と脅され、脱会を強要されたそうです。（NHKのラジオ深夜便「心の時代」柿田川自然保護の会会長、漆畑さんの話より。）

このような陰湿な非難中傷や、手をかえ品をかえの妨害・圧力を受けながらも、メンバーの人たちは辛抱強く、信念を貫いたそうです。それは、年々酷くなる一方の環境破壊に危機感を募らせた故ですが、同じように危機感を持つ人たちが少しずつ増えて行き、ようやく、日本の全人口に占めるグリーンコンシューマーといわれる人の割合が一パーセントにまで成長したことにより、これまでのような、自然保護運動に対する表立った嫌がらせはなくなったようです。と言っても、まだやっと一パーセントに過ぎず、競争による建前社会は変わりません。総論賛成、各論反対が罷り通っているのが現状です。まだまだです。

それは、国の姿勢にも現れています。一九九七年の地球温暖化防止京都会議では、二酸化炭素やメタンなどの温室効果ガスの排出量の抑制を定めた、いわゆる京都議定書が採択されましたが、この議定書からの離脱を決めたアメリカに追従の姿勢をとる日本に対し、ジェノバサミットでは他の先進国からは「日本はアメリカ抜きでも批准するのか」と問われました。でも、明確な返答を避け、それどころか、同じ時期にドイツのボンで開かれた温室効果ガス削減問題に対するCOP6会議では、環境問題に真剣に取り組む欧州諸国などの足元を狙って暴力団顔負けの、とうてい受け入れがたい要求を次々に突きつけています。

曰く、

○森林吸収率三・七パーセントを認めよ。
○原発による削減を認めよ。
○国際強調（排出権取引）による削減を、上限を定めず認めよ。
○協定に違反しても罰則を科すな。

と、何とも虫のいい要求ですが、**アメリカとともに協定離脱しようとする、その口実づくり**のための無理難題であることは明々白々です。そこには、環境より経済が大事という隠れた国策が如実に現れています。（ＮＨＫ「新聞を読んで」帝京大・降旗節雄教授解説）

やはり、グリーンコンシューマーがもっと増えなければ……。

発展途上国では開発が優先されるので、安全や環境については「そんなうるさいこと言うなよ」とか、「そんなこと黙っとけ」という感じで、従ってグリーンコンシューマーも少ないのが現実です。一方先進国は、すでに開発され尽くしてしまって、その恩恵に浴している人が多いので余裕も生まれ、その分失われた自然を反省し環境に対する関心も高くなるのでしょう。

先進国の仲間入りをしているはずの日本ですが、相変わらず公共事業に巨費が投じられ、ダムなどの大型開発事業が横行しているのを見ると、はて、日本は先進国なの？　と疑問を感じてしまいます。

先進国は developed country 、
発展途上国は a developing country
のそれぞれ日本語訳です。

《西洋の方が自然を大切にするのに》

ところで、西洋は二元論が主と言いましたが、彼らの方が自主独立、自然のものや伝統を大切にし、グリーンコンシューマーが多く、心豊かで、むしろ一元論の生き方のはずです。これ

は、

①今や日本は先頭を米国と競うほどの物質文明国。日本から見ればずっと一元論の生き方をしている。

②彼らは既に物質文明の欠点を体験し、そこから方向転換し一元論に向かっている。

（物質文明の頂点期を過ぎて民主主義が育ち、両者が混在している）

③大航海時代以来、他民族を奴隷化する植民地主義に批判的なるが故に窓際に追いやられていたまともな人たちが、物質文明欠点体験とともに復活して、方向転換の原動力となって、緑の党やグリーンコンシューマーとなったのではないか。

④西洋文明社会は、民主政府を黒幕が裏から操る※二重支配構造になっており、姿を見せぬ黒幕が各国の元首や首相であったり、操ったりしている。その黒幕が二元論者であるため、西洋を二元論と見る。

日本があまりにも二元論化して酷いから、西洋が良く見える。

⑤一般市民は、反省し懺悔する宗教で、力や物質・経済依存の物質文明を常に反省し、バランスをとっている、などにより、むしろ市民は一元論で生きている、と言ってもよいかもしれません。

しかし、これは便利・快適、経済効率のとりこになった二元論者の日本から見れば、のことであり、基本的には、黒幕達と民主主義がせめぎあっていて、※裏では黒幕勢の二元論化社会になっているからだと思います。

※『日本が闇の権力に支配される日は近い』（中丸薫著／文芸社）、及び『世界超黒幕』（ディヴィッド・アイク著／三交社）参照。

《言葉より中身を》

言葉は表現手段です。実態が変化したり複雑で分かりにくければ、言葉では表せないのに、無理に言葉で固定すると、実態や中身や対象物を的確に表さない場合もあります。

赤穂側からは討入りは正当ですが、幕府や吉良側からは法度破りです。また、分離独立は、自主独立という点からは一元論ですが、分離の現象面からは二元論であり、自分の利益のためなら二元論、みんなのために分離するのなら一元論となります。同じものでも、視点や様々な条件でどうにでも表現でき、表記する言葉ではなく中身が大切なのです。

いずれにせよ、言葉は実態の表現手段。言葉に囚われることなく対象の実態を掴むことが大切です。千差万別、千変万化した西洋を、一・二元論で分けるのは不可能、混在しており、かつ調査不充分、実態を摑んでおらず、今後の課題です。

《キリスト教徒なのに神を認めないのか》

キリスト教はたくさん分派していますが、聖書に忠実に生活するのは[※1]アーミッシュなどわずかで、[※2]カバラの人間中心主義など、キリストの教えから離れたものが多いようで、そのため神を信じる敬虔な人達が、神とは少し外れた神を信じ認めているようです。

なぜなら、[※3]旧約聖書で、人は他の動植物の管理者として別格視しているからです。人間を別格視する差別意識のある神は、本当の神とは思えないからです。

そして、西洋を代表する黒幕の強者たちは、全

（人間は別格とする旧約聖書）

人類を支配して自分たちがこの世を支配しようとして、神を超えた能力をつけたくて、神を認めない。

でも、この強者が西洋を動かすから、神を認めないと見ますが、一般市民はそこまで物質文明化しておらず、神を認めます。でもその神が神らしからぬ神、と何とも不可解です。

※1　アーミッシュ……十六世紀の宗教改革での急進派。何千人も殺される迫害を受けたが、今、米国でかたくなに近代文明を拒否して、心豊かなコミュニティーを作っている人たち。

※2　208頁の「カバラ学」や、『薔薇十字の覚醒』（フランセス・イエーツ著／工作舎）をご覧ください。

※3　創世記二―二十四。

《他人にではなく自分に強くなるべし》

心を磨くと、神の指示・自然の掟が聞こえてくるはずで、それは、弱者を利用する力や強さをつけるのではなく、みんなで仲良く、みんなのため他人のために行動できる心にしなさい、と聴こえますが……。つまり、私利私欲を捨て、脅迫や誘惑や教育で強者に従わされるのではなく、他人の命を自分の利益に利用するのではなく、良心に従って、我が命を神に預けるほどの心にすること。私達は神の子、仏様を目指すべきなので……。

つまり、他人など、自分以外のものに対し強く厳しくなるのではなく、他人には優しく、自分や我欲に対して強く厳しい**自制心・克己心が真の強さ**だ、それを身につけよと。

でも心を磨かず働かせなければ、みんなで仲良くとの指示が伝わらず、自分さえ……、となって、自分たちだけは物凄く立派になります。途上国や未来や自然を台無しにして、G8が栄える今の状態がこれです。

これでは、自分の外側は良くなるが、内側の心は育たず、自制心・[※1]克己心、人として優しさ温かさなども育たず、頭のいい人が競争して富を独占化する社会になります。

物質的に最も優れたアメリカ、その中でも巨万の富を握る強者達が際限なく富を追求するのはその典型であり、そのためテロを起こさせ、その結果軍事費増大を認知させ、貧者の財布から税金で奪って強者の富の更なる巨大化の段取りをつけました。

姿の見える悪魔などかわいいものです。**欧米の裏に潜む悪の枢軸**こそが問題であり、ケネディ、ダイアナを殺しても、追及させせぬ国を操る悪の枢軸を[※2]知るべきです。

いずれにせよ、外に対して強くなると、競争で貧者を作るので、心を磨き自分に対して強くなるべきです。問題は自分なのです。

以上、私たちは人間が一番偉いとして、人間の欲望を限りなく追求し、著しく便利に豊かになりました。でもその分、感謝と謙虚さ素直さを失い傲慢になり、神・自然から離れ遠ざかり、不自然な方向に進んでいますが、源を探ると結局は自分の心になります。

二十一世紀には、今の方向を神・自然に近づく方向に改めるべきではないか。それには大和魂をつけること、ただひたすら感謝する、これで大和魂は身につくと思います。

※1　克己心……法律がなくても、自分の行為を反省し改める自律心があるかないか、すなわち、自分のことを、自分の身一つで律する循環機能が、生きもの・人間の基本です。

※2『日本が闇の権力に支配される日は近い』（中丸薫著／文芸社）、及び『世界超黒幕』（ディヴィッド・アイク著／三交社）参照。

第五章　勉強・仕事・人生の目的は？

私たちが、神・自然から遠ざかる、逆さまな方向に進んでいることを知らないのは、目的・目標が分からず進んだ方向を検証できないからでもあります。

何のために生きているのでしょうか。

《社会全体の大きな目的に沿う目的なのか》

二元論は、分けて部分を見るので、全体の大きな目的、みんなの目的などという、分けない・遠い・見え難い目的には関心が薄く、部分的でより近くて分かりやすい、身近な・自国の・自社の・自分個人の目的だけが、目的になりがちです。

自分さえ……、今さえ……、の利己主義になるのも、二元論物質文明のこの特性のためでもあり、そしてこれが会社のために一生懸命努力しながら、未来や地球や自然を傷める原因です。

改革のたびに、足を引っ張って国の目的を阻み、公団公社を増やし維持するという官僚たちの隠れた目的は、彼らが真の大きな目的を持っていない証拠です。

全体の一翼を担う自分の目的こそが真の目的であり、両者が合致しないようなものが、本当の目的と言えるでしょうか。

《人生・勉強・仕事の大きな目的》

生きものはすべて、子孫を残します。子孫を残さず命をつながないものは、生きものではありません。

だから人生の第一目的は、子孫を残すこと、そして、**命が生き続けられるような環境を残す**ことではないでしょうか。

次に、苦しくてつらい一生など、生きる甲斐があるでしょうか。だから次の目的は、喜びを感じて、楽しく幸せに暮らすこと、そんな世の中にすることではないでしょうか。

そして、後述のように、他人が喜んでくれるほどうれしく、幸せを感じるものはありません。だから、他人を喜ばせることも目

全体の目的に合致しない個人の目的が、本当の目的か。

的にした方がいいと思います。

マザー・テレサは、最大の不幸は貧困や病気ではなく、必要とされていないと感じること、と言っていますが、これは、生きる源泉は必要とされることであり、相手に喜ばれること、相手のために尽くすこと、と解してもいいのではないでしょうか。


また、次のページの詩「いいこと」のいいこととは？　結局、自分以外のものが喜ぶようなこと、ではないでしょうか。この場所は以前、何かを喜ばせるようなことをしたのでしょう。また、これから紹介する「落葉」では、どうしてうれしく感じるのでしょうか。

これらは、他が喜ぶことが自分にはうれしい、他が喜んでくれることが自分にも幸せ、ということを示しています。

芽が出ない、芽が出ない、芽が出ぬ食べもの食べてたから。
（F１という、とれた種で芽が出ないような一代限りの作物は、生きものの基本を崩すもの。こんなもの食べていると、今に人間も……。）

実際、みんなに喜んでもらえるほどうれしいものはないと、それを生き甲斐にした人は少なくありません。

それなら、他を喜ばせ幸せにすることも目的としていいのではないでしょうか。

いいこと

古い土塀が
くづれてて、
墓のあたまの
みえるとこ。

道の右には
山かげに、
はじめて海の
みえるとこ。

いつかいいこと
したところ、
通るたんびに
うれしいよ。

でも私たちは、そんな経験がなく、他人を泣かせて自分が喜ぶ競争に、一生懸命頑張っているから、そんなことが幸せなどとは思いません。だから体験すれば分かります。

以上、勉強・仕事・人生の大きな目的は、

①子孫を残し、彼らが永続できる環境を残すこと。
②他のものが喜び幸せになること。
③自分も幸せになり、みんなが幸せになること、そんな社会にすること。

この大きな目的に向かって、自分の役どころに応じて、自分の腕を磨き発揮するのが、学問・仕事ではないでしょうか。

これらは簡単に言えば、みんなで仲良く幸せに暮らしなさい、という神の指示を実行するこ

とです。そして私達は、神の子なのに俗世の汚れで変質しており、それを元に戻すべきだから、
④みんなで仲良く楽しく幸せに暮らす。
⑤そうなるように、神様仏様のようになることも目的にしてよいと思います。

高度なハイテクで新製品を次々と開発しておきながら、心を失う逆さまな世になるのは、それが必要か否か調べるのに、単に便利・豊か、効率経済・金儲け、進歩発展などを、自分側の立場からチェックするだけで、**未来や社会全体から人生や社会の目的と照合しない、いや社会や人生の目的自体が分からない**からではないでしょうか。

忙しくて目的や幸せについて考える時間もないのが今の生き方。だから方向がおかしくても気づかない。一度考えてみてください。

落葉

お背戸にゃ落葉がいっぱいだ、
たあれも知らないそのうちに、

こっそり掃いておきましょか。

ひとりでしようと思ったら、
ひとりで嬉しくなって来た。

さらりと一掃き掃いたとき、
表に楽隊やって来た。

あとで、あとでと駈け出して
通りの角までついてった。

そして帰ってみた時にゃ、
誰か、きれいに掃いていた、
落葉、のこらずすてていた。

人のために尽くす、利他を詠んだものに

「土と草」

「土」

「木」

などがあり、鳥や草のために尽くす木や土が歌われています。
木に鳥が遊ぼうと、土に草が生えようと、私達は木がうれしいとか、土が役立っているなどとは思いません。どうしてそう思うのでしょうか。そして、こっそり掃くと、なぜうれしくなるのでしょうか。もちろん、前記②他のものが喜び幸せになることの目的を果たしたからですよね……。

私達はおのおの、自分のための目的は持っています。でも、みんなの、**社会全体の目的を知らぬまま**一生懸命努力するので、みんなで仲良く、という神の意志に反し、他の命を殺したり、未来にツケを回して子孫を苦しめても、自分達の目的は果たします。
忙しくて自分の目的しか見えず、全体の目的まで考えなかったからです。
一度ゆっくり、自分の目的、会社や組織の目的、社会の目的を考えてみてください。

山のあなたの空遠く
「幸」住むと　人のいふ。
ああ　われひとと　尋《と》めゆきて、
涙さしぐみ、かへりきぬ。
山のあなたに　なほ遠く
「幸」住むと　人のいふ。

――「山のあなた」カール・ブッセ
上田　敏訳

原詩の最後は
「……人のいふ」
となっており、人は言うが、実は……山のあなたの遠くにはいない、と言っています。チルチルミチルもそう言っていますね。

第六章　幸せとは

お菓子

いたずらに一つかくした
弟のお菓子。
たべるもんかと思ってて、
たべてしまった、
一つのお菓子。

母さんが二ツッていったら、

どうしよう。

おいてみて
とってみてまたおいてみて、
それでも弟が来ないから、
たべてしまった、
二つめのお菓子。

にがいお菓子、
かなしいお菓子。

《幸せはすべて自分の心が決める》

同じお菓子なのに、なぜ味が違うの？　これは※お釈迦様の言を借りれば、物や事象・事件など、対象物ににがいとか、価値や意味があるのではなく、事実としては存在するが、それをどう捉えるかは、接する本人次第、その人の気持ち・心が決めるもの、にがいと感じればお菓子でもにがく、苦しいことでも目的があれば苦しいとは感じず、酒が半分しかないと思って不満を感じるのか、半分もあるとして喜ぶかは、酒のせいではなくその人の感じ方次第。

※「般若心経」色即是空。

裸を立派な洋服と言う人は、自分のへつらいの心を王様の裸に映し、映った自分の心を見ているのです。

すべては自分の心次第です。だから、不満やグチを言うのは、何事も否定的に捉え、ありがたみを感じなくなった自分の心を表わしているのであり、感謝できる心になれば前向きに捉えてそんなことは言わない、心を磨けば同じものでもいい方に感じるようになる、ということになります。

にがいのも悲しいのも、お菓子ではなく、その子の気持ち・心ですよね。

「落葉」や「木」でうれしく思ったのは、木ではなくみすゞがそう感じ、掃除自体がうれしいものではなく、その子がお手伝いをうれしく感じたのですよね。

うれしさ・幸せ・満足、悲しさ・憎しみなどは、物など自分以外のものが与えてくれるのではなく、自分の心が決めるものですよね。

《みんなが幸せになるのが本当の幸せ》

愛媛丸の船長は、助かっても喜べない旨、話していました。

隣の人が苦しんでいるのに、幸せですか。

自分だけが幸せという幸せがあるのでしょうか。

それは幸せのようなもの。みんなが幸せになってはじめて、本当の幸せと言えるのではないでしょうか。

心学研究家の小林正観さんは、般若心経の中で「空」について大切なのが、〃※行こう行こう涅槃へ行こう、みんなで行こう〃のみんなという

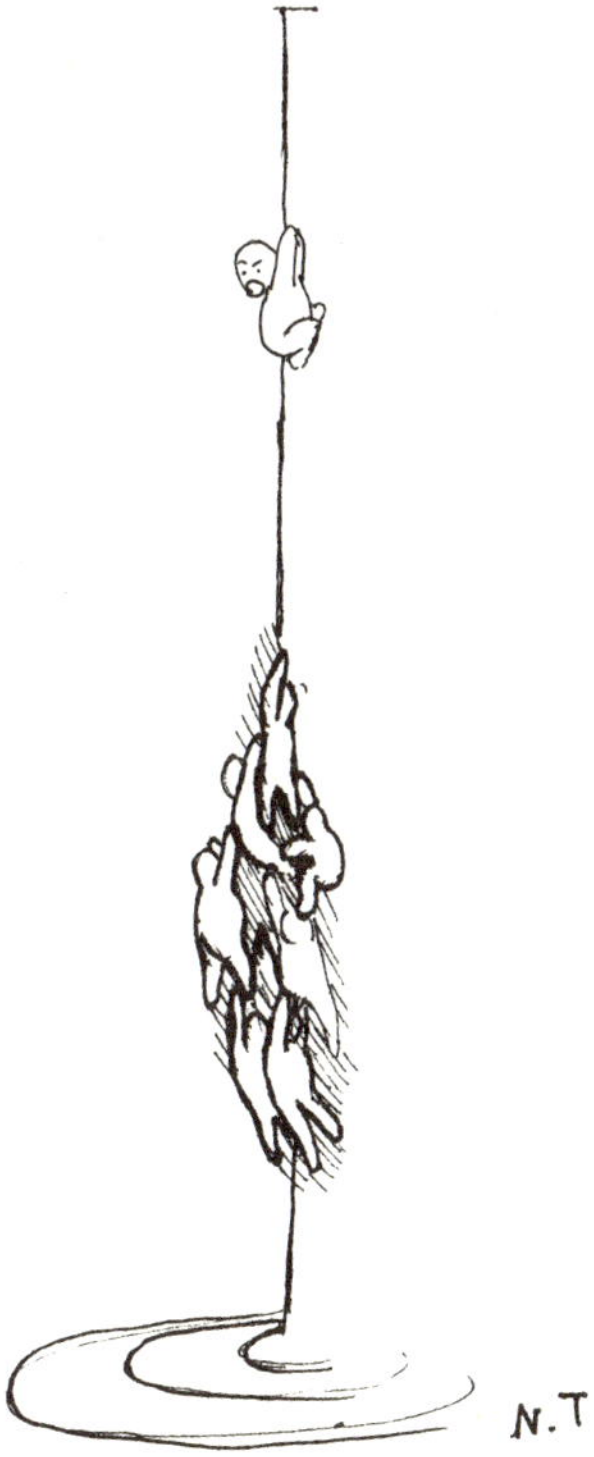

『くもの糸』で龍之介は、自分だけ幸せになろうとすると地獄に落ちる、と言いたかったのでは？（小林正観）

意味の「僧」と言っています。

「相手の幸せ、みんなの幸せ？　そんな甘いことでは、こちらがやられて元も子もなくなる」

では、相手がやられるのはいいのですか。

そんな世の中にしているのです、今のライフスタイルは……。

幸せを求めて、他人が泣こうが苦しもうが自分さえとして求めるのが、今の競争社会の幸せです。

本当に競争でみんなが幸せになりますか。

「この道」という詩の中でみすゞは、この道の先には、今と違った何か良さそうなものがありそうだ、みんなで、みんなで行こうよ、と、みんなでを強調して歌っています。
※ギャーティ、ギャーティ、ハラソウギャーティ。羯諦、羯諦、波羅僧羯諦。

宮沢賢治「世界みんなが幸せにならないかぎり本当の幸せはない」

《目的や幸せについては考えさせない》

このように、自分の気持ち・心次第で満足や幸せを感じられるのだから、物・金・財産、地位・高給などを求めて、競争に追われて忙しく働く必要はないことになります。

これでは物は売れず強者に頼りません。

だから、お金や権力に囚われる人達は、こういうことは絶対に教えたくなく、幸せや目的やお釈迦様の教えなどは学校では教えず、テーマにもあげさせず、ひたすら知識・知能を上げさせ、自分の成績を追求する競争を通して、知らぬ間に、物・金・財産・地位が最も大切、とする物質文明を植えつけてしまいます。

それゆえ、心の試験は重きを置かず、知能・頭脳重視のＥＱ軽視で、高級官僚にし、地位・高給・高退職金や権力を与えるから、私たちもそんなことを夢にして、踊らされて、彼らを頂点として競争し、それらが最も大切と、思い込んでいます。

こんな下地の上に、毎日毎日、景気景

知識知能の頭の教育が、外務省・大蔵省、バブル・不良債権やイジメなど、モラル崩壊の底にある原因。

気と経済ニュースを流すので、私たちは、経済力を上げなければ生活できない、未来や環境より今と経済が大切、物・金・経済なしには幸せはありえないと、**完全に思い込み**、経済依存度の高いライフスタイルにして、競争に競争を重ねてそれらを求めています。

それゆえ、多忙な日々に追い立てられ、経済・頭脳偏重のおかしさに気づきません。

おまけに強者中心主義です。国など、強者のやることは絶対正しいとして、釈迦の教えなど、強者が採用しないものは信用しないのだから、資源や食糧が枯渇し、金貨が食べられないものと判るまで、物・金・財産・地位・高給、便利・快適・豊かさなどを、歯止めなく求め続けて常に忙しく、一生競争して心すり減らし、安らげないでしょう。

だから忙しいのです。いや、忙しくさせて余計なことを考えさせないのかもしれません。

《見かけの幸せをその場しのぎで……》

その結果、毎日毎日、消費拡大、消費拡大と、国を挙げて青い鳥を外に求め、山のあなたの空遠くまで求め回っています。

でも結局、チルチル・ミチルが、自分の心の中にいると気づいたように、幸せは、物・金・財産にあるのではないから、いつまでたっても見つからず、未来から借金して模型を作り、その場しのぎで私達をなだめています。

でも本当の幸せではないからまた不満が……となって、今では借金が六百六十六兆円。

もう、おかしいと気づいていいはずです。

経済が上がらなければ幸せになれないとする限り、経済に囚われます。だから、消費財は揃っていてもゴミにして捨てさせて買わせます。その買う金を稼ぐため、集めた税金をばらまき、足りなければ国債・建設債などで借金します。

これを繰り返しながら、いつも景気経済と欲求不満になって満足できないのは、その場しのぎのみせかけの幸せを追っているからではないでしょうか。

本当の幸せ、生きる目的を考えた方がいいのではないでしょうか。

しあわせ

桃いろおべべのしあわせが、
ひとりしくしく泣いていた。

夜更けて雨戸をたたいても、
誰も知らないさびしさに、
のぞけば暗い灯のかげに、
やつれた母さん、病気の子。

かなしく次のかどに立ち、
またそのさきの戸をたたき、
町中まわってみたけれど、
誰もいれてはくれないと、

月の夜ふけの裏町で、
ひとりしくしく泣いていた。

幸せさんは、みんなを幸せにしようとしているから、やつれても病気であっても、今、生きているだけでもありがたく幸せと、感謝して、心の雨戸を開ければ、幸せさんは喜んで飛び込んでくる。

幸せとは、心を失う競争努力ででではなく、今を幸せと感じる心一つで得られる。

その幸せを他人にも与え尽くし空になれば、幸せさんはまたどんどん喜んで入ってくる、と、幸せさんは言っている、と聴こえますが、誰もそうしてくれないと泣いているのでは。

《死に損なえば分かる》

物・金・財産・地位・高給を求める風潮の中でも、そんなものには無頓着、ボロは着てても心は錦、と、生きているだけでも幸せという人もおり、特に死に損なった人に多いようです。

彼らは、大病・大難で、物・金・財産・地位・高給・肩書きなど、この世で強力な力となる

ものが、一切通用しないピンチにあって初めて、
『自分の力＝自力で生きているのではなく、他の力＝他力によって生かされていることを知り、生きているだけで幸せと思えるようになり、助けてもらったからにはと、利他ができるようになり、他人が喜んでくれる以上の幸せはない、大難を受けて死に損なえば分かる』と言っています。

以上、競争で得る今の幸せは、幸せのようなものなので、本当の幸せを感じないから、もっともっとと求め続け、得た富を力にして更に求め、富を独占。ゆえに、
○弱者は貧困から抜け出せず、ひいては、
○テロの下地をつくって行く。だから、
○みんなが幸せになること。それには、
○一部の強者が独占せぬこと。何よりも、
○有限な形ある物を求めてはありえない、
○心を入れかえ、**生きているだけで幸せ**と感じるよう、心の感度を上げること。

でも、人の本質を肉体と見る今のライフスタイルが、幸せを物に求めさせ、そんな心を亡ぼさせています。**本質を心と見れば**心を育てて磨いて、心一つで幸せになれます。心の時代とは心一つで幸せになれる時代です。

第七章　競争は両刀の刃

今の世を逆さまにして、神・自然から遠ざかる世にしている二元論の中でも、競争と重脳主義は最大原因です。まず競争から……。

《合法ならと、自然を無視》

今のライフスタイルでは、人の活動は法律をクリアすればよい、とされていて、
○自然を破壊しても、
○弱者を苦しめても、
合法なら構わない、としています。でも、適用するのは、人間のための法律です。自然万物のための神の法律、つまり、自然の掟を無視せぬ法律ではありません。
○万物に魂・万物皆兄弟などは認めず、

○経済のために牛を食わせても、国のためにハンセン病患者は絶種しても構わんという、人間さえ……、自分たちさえ……、のエゴの、反自然の、人間強者の身勝手な法律です。競争も、自分さえ、今さえのエゴの競争です。

こんな法律で、有限の地球を、早く終末に近づけるような消費拡大をさせているのに、その上競争なら尚更早めます。

いくら法律をつくっても、良心に従わないなら、**頭の優秀な人ほど抜け道をつくったり探したりして、**非情冷酷でも犠牲者を出しても、合法的に行います。弱者・犠牲者は泣くしかありません。

《便利・快適、進歩・発展は、自然の許す範囲で》

でも、風力発電や省エネ・循環技術とかリサイクル商品なら、弱者を傷めません。

これは、自然の法則に沿っていたり、産業廃棄物など自然を害するものを止めたり改善して、他のためになるものだから、

○自分の利益というエゴではなく、

○みんなにとっていいもの、みんなの利益になるものであり、そんな競争なら歓迎される競争となります。新たな材料を使わず廃品利用をすれば、余計な殺生もしなくて済みます。

だから、競争や便利・快適、豊かさ・進歩発展などは、みんなにとっていいもの、みんなで仲良く、という神の指示に沿うもの、自然の許す範囲のものにすべきで、そうすれば逆さまにはなりません。

でも、みんなが良くなるものは、そうざらにはありません。それゆえ、時間がかかります。

でも、競争のために急ぐ私たちは、一部の弱者の犠牲を無視して急ぎます。自然を無視する今の科学や文明は全て時間に凝縮・還元され、競争の有力手段である時間を惜しんで他の大切なものを壊し失う科学であり文明です。そして、みんなが良くなる競争などありえない、だから、一部の犠牲はやむをえない、大きな利益のためには、欠点、副作用には目をつむれ、と、利点過剰追求に走るのです。

豊かさ・便利・発展・科学、つまり文明は、自然の許す範囲のもの。すなわち循環の中にあるもの、自然の回復力以内のもの。

達磨おくり

白勝った、
白勝った。
揃って手をあげ
「ばんざあい」
赤組の方見て
「ばんざあい」

だまってる
赤組よ、
秋のお昼の
日の光り、
土によごれて、ころがって、

赤いだるまが照られてる。

も一つと
先生が云うので
「ばんざあい」
すこし小声になりました。

だまって見ている赤組は、どんな気持ちになったのでしょう。どうして小声になったのでしょうか？　試しに、勝った時何日も、勝った勝ったと大きな声で喜び続けてみては……。周りの人の気持ちを観察しながら……。

勝っても勝っても、限りなく利益を追求するのが今の強者。心失い、心汚して庶民感覚を感じず、謙虚さはなく、小声にもなりません。

《他人の不幸が自分の幸せとする競争》

競争社会で暮らす私たちは、競争するのは当り前と思っています。でも、いつまでも続けたり囚われたり、激しくなると相手を叩き潰しても平気となり、最後は消してしまわないと安心できなくなります。

競争の極致はそうなります。

競争は、他人を犠牲にして自分が得をする、他人の不幸が自分の幸せ、という、トンデモナイ要素を持っており、このことを知らずに競争努力すると、相手や他人を犠牲にしてしまうので、ホドホドの限度が必要です。

喜びは　二度でやめとけ　勝った人。
競争は　相手の立場で　負けが勝ち。
負ける勇気　譲る余裕で　人育つ。

《競争は人を物化して不感症にする》

競争と建前の物化スパイラルのライフスタイルで暮らす私たちは、心より物として、心を育てず失っています。

その上、人の本質を魂ではなく肉体、としているから、**心を失っても**平気です。

従って、今の私たちは心は乏しく、自制心・自律心・克己心も良心も乏しく、代わりに頭は良く計算早く、少しでも有利な方へとなびき、相手や他人を苦しめようとも、競争に有利なら何でも構わないと、効率・経済性、便利・快適、物の豊かさなどを限りなく求めています。

その結果、自分のことしか考えない、器の小さい人間になって行くし、競争に関係ないことは、競争に不利だと他人・他業者に分けて任せて、自分自身は、**競争に関することだけ**に専念します。

特定のことだけはキチンとやるが、他は何もできないのは機械・ロボットです。

だから、競争は心を奪って鬼にした上、人を機械やロボットにして行きます。

今の社会に、返事もしない冷たい人が増えているのは、人が機械のように物化して、人としての自然な要素を失《な》くすから……。

また、競争は寸暇を惜しむため、多忙になり目先のことしか見ず、深く考えないようになり、何事も皮相的になって、ついには感じる力も疑問に思って考える力を失い、不感症になり、こういう点からも人が物化してゆきます。

物化して一層感じなくなり、考えもせず疑問も持たず、何事にも無関心になり、これがまた物化を促します。

《みすゞは物を人化するのでは……》

私たちは、競争で心を失《な》くして物化していますが、みすゞは相手の身になることによって、みすゞが対象物になりきっています。

これは対象物がみすゞになったとも言え、みすゞは物を人化する、とも言えます。

これは、物に魂を認めるからこそと言え、物を人化するみすゞの歌は、物化した私たちを、人に戻してくれるのではないでしょうか。

みすゞの歌に感動し、心が洗われ情緒が安定し心豊かになるのも、物化して失くした心が蘇るからではないでしょうか。

みすゞの歌が多くの人に広まれば、穏やかで思いやりのある温かい人々や社会になるのではないでしょうか。

切り石

石屋に切られた
切り石は、

飛んで街道の
水たまり。

学校もどりの
左側、
はだしの子供よ、
気をつけな。

切り石切られて
おこってる。

みすゞの詩は、相手の立場になっているものが多く、
「振子」
「北風の歌」
「なまけ時計」

「瀬戸の雨」

など、擬人化されたものが数多くあります。

《競争は貧富の差を拡げ偏った社会にする》

競争は、便利・快適、豊かさ・進歩発展の原動力となる素晴らしいものですが、度が過ぎると逆さまな世にする源となって、便利・豊かさ経由で、世を崩壊へと進歩発展させます。

今の、物に幸せを求め、自分の利益を追求して競争する強者中心の社会では、

○強い者は更に力を得てますます強く富み、

○弱者はますます貧しく、ますます搾られ、

みんなが幸せには決してならない社会、一部が極端に富む社会になります。

例えば、世界の二十パーセントの富める人が、八十パーセントの食糧を飽食し、グルメのために肥らす牛や魚に食糧を奪《と》られた何億もの貧しい人々は、牛魚以下の食べものも食べられない状態です。

そして米国では、

◎[※1]わずか一パーセントの人が、三十九パーセントの富を独占し、

◎四十パーセントの人の富を合わせても、わずか〇・二パーセントしかありません。

それでも富者は満足せず求め続けますが、日本のある教育審議委員は、米国を見習っての教育改革を主張しています。

曰《いわ》く、日本も一パーセントのエリートを育てよ、残りは愚鈍で秀才に従えばいいと。

先進国の富は、阿片や奴隷をはじめ、鉱物や農園など、植民地からの収奪の上に築かれているが、米国では更に、豊かな大地を先住民から奪い、稼いだ資金で各国の権力者を支援し、結託し、各国の弱者と地球から、※2合法的に搾り、獲得したものです。

しかし現地政府は、物質文明に憧れ洗脳されて彼らにはわけもなく従い、要求を受け入れ搾る利権を与え、今でもグローバル化とか国際化とか誘われて、搾りやすい環境をつくってやり、代わりに、自国民、特に農民には厳しく当たるので、国民弱者は貧困になるしかないのです。

（アメリカ富の分布）

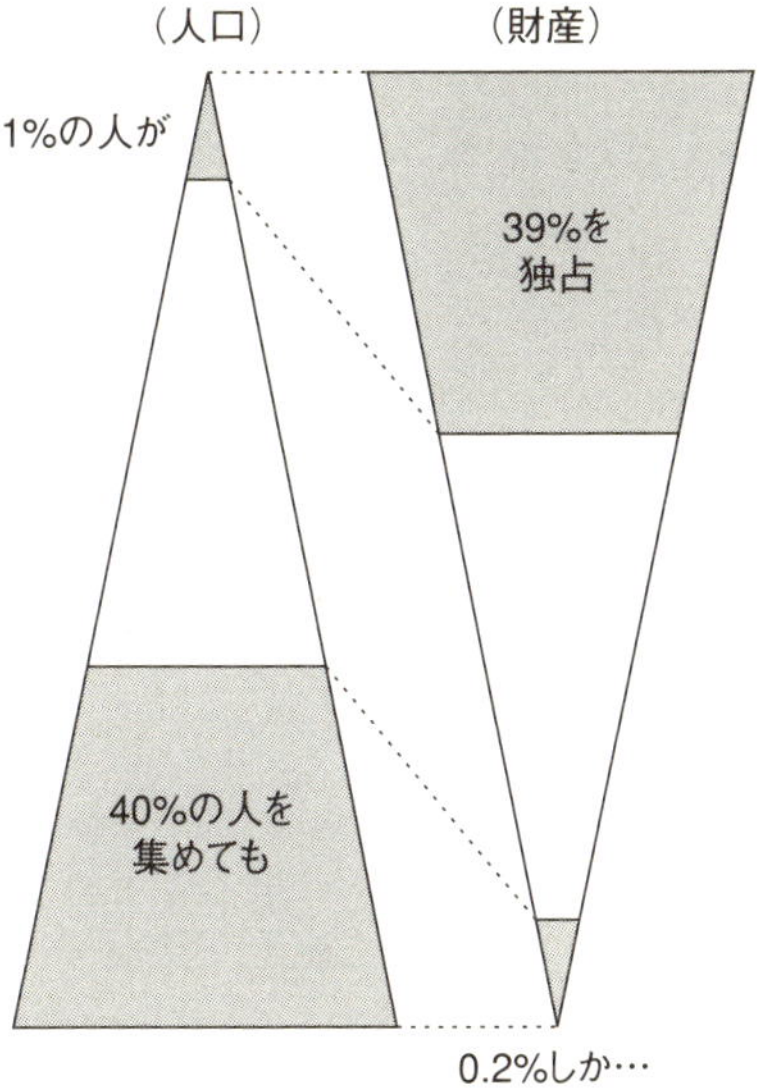
（人口）
（財産）
1%の人が
39%を
独占
40%の人を
集めても
0.2%しか…

日本はこんな国を理想の兄貴として見習っている

以上、競争は便利さ・豊かさ・進歩の元ですが、有限の物を求めての競争なので、資源が枯渇すれば、今の社会・豊かさは崩壊します。

否、今でも、多忙や、

○他人の不幸が自分の幸せ、

○他人を犠牲にして自分達が富む、

○より多く犠牲にするほど地位が上がって富む、

などの競争の潜在要素によって、**ゆっくりゆっくり心を崩壊させています。**

その結果、心のない物のような人になり、相手の立場に立てぬが競争には強く、そんな人がつくる社会は、外見は豊かで立派ですが、

○まずモラル崩壊し、

○崩壊に向かって神・自然から遠ざかる、血の通わぬ冷たいエゴ社会になります。

競争の欠点を知った上で競争してください。

※1 『富のピラミッド』（レスター・サロー著／TBSブリタニカ）（『自然医学』No.405 太田龍氏の評論より）

※2 阿片や奴隷は合法だった。武力が法律だったから……。

第八章　重脳主義

競争の元となる経済技術などの源は頭なので、今の競争社会は重脳主義に陥ります。

一、強者のソフト通りに動く

《行動を起こさせるのは頭脳ではなく心》

いくら説得しても、気持ちがなければ自発的行動にはならず、動かされたと同じ。行動させるのは、理屈を理解する頭ではなく、心であり、感じた心が起こす意志です。心が脳に命令し、心が思った通りに脳が身体を動かすので、行動の源は心です。人の本質が肉体なら、脳が行動の源となりますが……。

《頭さえ良ければ心はどうでもよい社会》

　ところが、心を軽視する今の文明社会では、心が乏しくなって心が頭に命令できず、心の弱々しい命令を、頭が無視して頭が勝手に身体に命令します。

　それゆえ、頭に、

○損得勘定を教えれば、算盤で動く人、

○孔孟神仏を教えれば善悪判断できる人、になり、心が育ち心で動く人になります。

　でも、物質文明は心を育てず、自分の利益を追求する損得を教えるので、優秀であるほど、他人を思いやれなくなり、そんな人が高級官僚になり国を動かします。

　公金流用に関わったり黙認した人達を、外務省が訓告という形式で終わらせるのは、心はどうでもいいから頭さえ良ければ多少のことは構

人が物質（肉体）なら、脳にセットしたソフト通りに動く。人が魂・心なら、心・意志通りに動く。

わない、との潜在意識のせいではないでしょうか。
こんな社会では、建前を使って強者に従い、建前を建前と思わせないように、上手に嘘をつく人が出世し、建前を信じる人が気の毒だとか、天下って何度も高給・高退職金を貰うのが気が引けるとか、謙虚な気持ちを持たぬ人ほど高級官僚になれ、私達も彼らを目指し努力します。逆さまな世の中なので……。

《心は育たぬ方がよい》

心を育て心を磨き、仏様のようになると、
○譲り合い助け合って競争にならず、
○殺生を増やさぬよう消費を抑え、
○必要最小限にして不必要な消費を行わず、
○経済に頼らず幸せになり、
○天に従って自由に行動して強者に従わない。
だから、仏様を目指すようなことはさせず、代わりに頭脳を育てて、もっと便利・快適に、もっと豊かにと、もっともっとと、果てしなく消費する人に育てようとします。心や愛はなくても、頭と力と技能・技術さえあればいい、強者に従わせるには、天に従う良心は邪魔、というわけです。

人を物化させれば物化させた強者に従うから、物化のために心を育てないのです。

《国民は指示通り動く機械であればいい》

赤ちゃんの頭脳は空っぽ、心の赴くまま本能に従って行動します。そして体験を積み重ねて、自分なりの行動様式のプログラムを頭脳の中につくってゆき、個性を育てて自分の価値観で判断・行動できる人に育ちます。

ところで、実質的に日本を指導する高級官僚達は、物質文明の最優秀者で、最も強者中心主義に染まった人たちです。

最も心を失った人たちと言えます。

弱者には冷たく強者には安易に従い、西洋の最強者にわけもなく追従し、彼らの行う国際競争から抜けられません。

そのため、護送船団方式や軍隊のように、

『最も優秀な我々が作戦をつくり、それに基づいて、小数の指揮官が残り大多数の国民を動かせばいい』

としています。

つまり、国民は頭は悪くても、※命令を忠実に実行し命令を果たす技能があればいい、個性があって自由に感じ、自分の意志で自由にバラバラマチマチに行動しては困る、そんな行動をさせる心・個性は必要ない、指示通りに動きさえすればよい、と、国民の頭脳に、自分たちの思い通りに動くように作ったプログラムをセットします。

それゆえ教育では、科目や教科書の選定に、親や子供に一切選ぶ権利を与えず、**主役は国、**子供は目的格。心を潰す物質文明を義務にしてまで教えています。

だから、教えた通りの答えしか正解にせず、生徒が独自に答えを出す学習は避けるのです。

※先の某教育審議委員は、残り九十九パーセントは愚鈍でも、エリートに忠実に従えばいい旨発言しています。

校長先生は指示通りのことを先生に要求し、先生は教えた通りの答えを生徒に要求していませんか。

不思議

私は不思議でたまらない、
黒い雲からふる雨が、
銀にひかっていることが。

私は不思議でたまらない、
青い桑の葉たべている、
蚕《かいこ》が白くなることが。

私は不思議でたまらない、
たれもいじらぬ夕顔が、
ひとりでぱらりと開くのが。

私は不思議でたまらない、
誰にきいても笑ってて、
あたりまえだ、ということが。

《枠をはめたらそれ以上にはならない》

子供が、ふしぎなことに疑問を持った時、一緒に調べたり考えてやりますか。
※じっと見守ってやれますか。
そんなことといいから早く……、と見守れないと、せっかくの未知の才能の芽を摘んで、天才の可能性を凡人に終わらせます。

凡人ならいいが、機械にされます。

みんながやるから当り前、では答えになりません。
※じっと見守る教育を、映画「こどものそら」「こどもの時間」でご覧ください。

《教えた通りに行動するようにしてある》

鷗外の文章の感想を書かせるテストで、ある高校生が「詰まらん」と答えたら、×を貰いました。

これは、なぜそう思うのか、との問いも設けるべきなのです。でも設けなかったのは、もう答えが決まっていたからではないでしょうか。

今のライフスタイルでは、どう感じるかその人の心・感性が問題ではなく、対象物の方に意味や価値がある、としているから、本人がどう感じるかは関係なく（いや、そんなことはやらせず）、同じことには皆同じように反応して、指示命令が徹底統一して受け取られるように教育したいのです。

《自分で判断しているようでも……》

義務教育で強者のプログラムを頭にセットされ、競争させられ、勝った強者に従わされているると、自分で考えていても強者と同じ頭にされているから、強者のやることとは何でも同意でき、何でも正しく何でも賛成となり、まるでオウムの信者のようになります。

だから、教祖様を信じないとはトンデモナイと、ポアしないまでも俺たちが信ずる強者を信じぬとは何事ぞ、疑うな、調べるな、余計なことするな、ふたをしろ、事実なんてどうでもいいんだ、黙って信じ、従いさえすればいいんだ、

できぬならこの地に住めぬようにするぞ……などと脅し、そんな空気を作り**空気に従わせます**。従う者は優遇し、従わぬ者はイジメて……。

しかし、良心に従う人なら、脅しや空気に屈せずおかしいことは調べ改め、おかしな強者には従いません。それでは指示命令が徹底しないので、幼い時から強者に従うように、強者中心主義の物質文明を教えるのです。その結果強者に従い、おかしいと感じてもそんな空気に流され、調べなくなるのです。

今のライフスタイルでは、強者が作った空気に流されいつの間にか、

○強者が支配する常識や雰囲気に従い、
○強者に気兼ねして、常識や雰囲気を超えて自由に判断行動しようとはしません。
○心で感じたまま素直に判断・表現・行動せず、常識や雰囲気→強者の尺度で測り直し、
○強者の意向に沿うかどうか調べ、

沿う範囲内に収め、範囲外のことは、なかったことにして無視します。

神の子である私達は、本来、天＝自然→※お天道様に従い自由なのですが、自分達に従わせたい強者が、自分達のプログラムをセットして、自由を奪って操るのです。そのために最も効果的なものが義務教育です。

※「郡上一揆」をご覧ください。

「明るい方へ」という詩の中でみすゞは、葉っぱでも虫でも何でも、明るい方へ進んで行くと歌っています。

　昔は、太陽など自然＝天に従っていましたが、今では暗い夜中でも明るくする人工物に従わせるなど、意識だけではなく心身の生理や※リズムも、強者に従わせられています。

※コズミックダイアリーの柳瀬宏秀さんや、太陽太陰暦の志賀勝さんの話を聞いてください。

草の名

人の知ってる草の名は、
私はちっとも知らないの。
人の知らない草の名を、

明るいコンビニ、群がる夜行性の人種。

私はいくつも知ってるの。
それは私がつけたのよ、
好きな草には好きな名を。
人の知ってる草の名も、
どうせ誰かがつけたのよ。
ほんとの名まえを知ってるのは、
空のお日さまばかりなの。
だから私はよんでるの、
私ばかりでよんでるの。

どうせ誰か……。人間、強者に従うことはない。これは強者に従う今の強者中心社会、今の建前社会に最適な、強烈な黙示ではないでしょうか。

先の「不思議」で、自由に感じ自由に疑問を抱くことに対し、みんながするからとか、常識だからと切り捨てるのは、お前も強者に従え、従わぬとは何事ぞ、と言っているようなものであり、自由な発想・自由な個性才能を潰すものです。

「向日葵《ひまわり》」「空の鯉」という詩もそうですが、みすゞのどの歌にも、自由で想像豊かでみごとな発想があり、相手の身になる優しさとあいまって、その情景が目に浮かぶようで、一つ一つ心にしみてきますが、それもこれも、社会の空気に縛られぬ強さと、固定観念に囚われぬ自由さを、みすゞが持っていたからであり、それは天に従っていたからではないでしょうか。

発想豊かな「向日葵」「空の鯉」などをご覧下さい。

《強者寄りでない情報・事実は受け付けない》

重脳主義で強者中心の今の社会では、事実や情報に対しては、中身は問題ではなく、それが強者寄りかどうかが問題で、強者寄りでなければたとえ事実であっても、知らぬふりして意識的に無視します。

だから、強者寄りの情報が固定観念や常識になり、それに従うのが当り前、従わなければ除《の》け者にされ、自由にものも言えなくなります。だからこそ、常識や当り前なことでも、おかしいものがたくさんあり、そんな常識がおかしな世にしているのです。

――《一口メモ・雑穀編》――

243ページの大谷さんは、初めて雑穀を食べた時、そのおいしさに驚きました。と言うより、食べたことがないのに、まずい、手間がかかる、料理できないと決めつけていた、すなわち、固定観念を植えつけていた頭に従って、事実を知ろうともしなかったことに愕然とした、と言います。

以来、調べて行くうちに、常識がいかに誤りの多いものかが分かったそうです。

そして、食性通りの穀菜食にしたら、身体が引きしまるだけではなく、視野や価値観や生き方も自然と変わり、自然から地球環境へも関心持つようになり、ただ面白く楽しくやっていたら、小学生の子供達が夕食を作ってくれるようになった、

これも雑穀で簡単におかずができるからではあるが……とのことです。

大体、雑穀はその土地の産物だし、ビタミン、ミネラル、食物繊維豊富な栄養バランス満点食。

健康社会や自給自足の自立社会にもってこいの雑穀で、彼女自身、子供ともども元気で病気知らず、ストレス全然生じず、元気になったと言います。

生きものは相似形、人がイキイキすれば、社会も自然もイキイキ輝くでしょう。

雑穀を採り入れ食性にあった食事に改めることで、生き方から環境までイキイキワクワクに変わって行くので、243ページの本で挑戦してみて下さい。

【アトリエ風】03-3269-0833で試食を。催事情報も。

海とかもめ

海は青いとおもってた、
かもめは白いと思ってた。

だのに、今見る、この海も、
かもめのはねも、ねずみ色。

みな知ってるとおもってた、
だけどもそれはうそでした。

空は青いと知ってます、
雪は白いと知ってます。

みんな見てます、知ってます、
けれどもそれもうそか知ら。

この詩と同様なものに「見えないもの」がありますが、この二編は、決まり切ったことでも、考えられないことがあるかもしれない、囚われるな、決めつけるなと、固定観念への戒めと、みすゞの自由さを表わしています。

医療の場合、慢性病は治らないと病院が保証しているのに、治る治療法を探しもせず病院を頼ってずるずるだらだら、結局は病弱化のまま死んでゆくのが普通です。

でも、見捨てられたら本気で探し、自分で努力※完治させた人がたくさん増えています。そうとも知らず、大きくて権威ある強者だからと病院を信じて、治らぬまま死んでしまう人があまりにも多すぎます。大きくて権威のある強者を信じて疑わぬからです。

でも、信じている人には何を伝えてもダメ。医療も逆さま、早目に見捨てられ自分で調べれば助かるのに権威を頼るから残念です。固定観念に囚われると事実が見えなくなります。

以上のように、今の社会では、強者のプログラムを頭にセットされ、強者と同じ頭にさせられて、頭を通して上手に管理されており、自由な考えが起きにくいようにさせられています。それもこれも、自分のことは自分でやる基本を忘れ、教育を家で行わず、食料を自分で得ない二元論の生き方だからです。そこでちょっと……。

※「ガン・リウマチ・ヘルニア、自然治癒を科学する」（千早書房）をご覧下さい。

二、やぶにらみ子育て評

《物不足は絆を強めるのでは……》

山形県新庄市の郊外に、江戸時代のかなり恵まれた中農クラスの農家が保存されています。

客間と上の間、二部屋だけ間仕切りした部屋があり、押入の陰に二畳ばかりの若夫婦用の開放された部屋もどきがあり、あとはいろりを中心に、だだっ広い板間、広い土間には馬も同居していて、三〜四世代、十二〜十三人の家族が暮らしていたものと思われています。

「タケシ君ハーイ」は、戦後間もない頃の、ビートたけしの

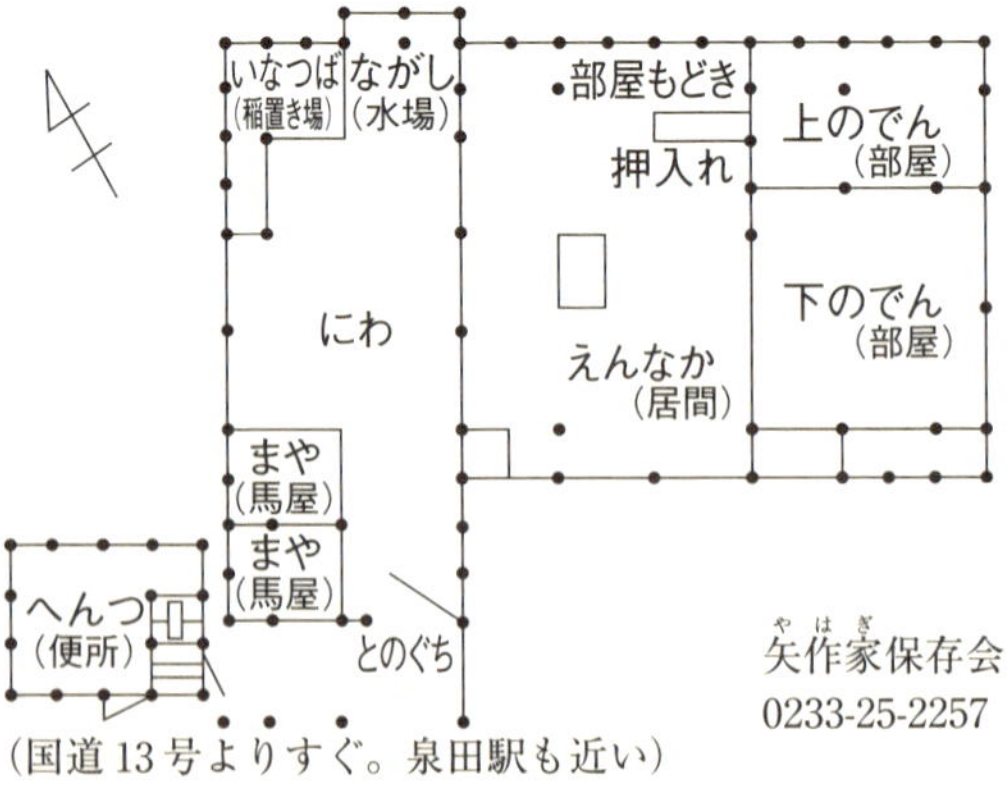

矢作《やはぎ》家保存会
0233-25-2257

（国道13号よりすぐ。泉田駅も近い）

テレビドラマですが、六畳一間にお母さんとおばあちゃんがちゃぶ台で内職し、試験勉強もできない騒々しさに、大お兄ちゃんが悩むシーンもあって、貧しく物不足でも三世代同居の、人情溢れる心豊かなドラマでした。

物不足の時代には、肩も力も寄せあって絆強く暮らすしかなかったのではないか!?

《経済のための住宅政策で家庭がホテル化した》

ところが、核家族にして世帯を分離すると、消費はほぼ二倍に拡大します。これを狙って世帯分離核家族化政策を行い、経済を上げて老後の不安と介護問題をつくり、介護を材料に福祉関係天下り先までつくりました。

つまり、家庭のビジョンのないまま、住宅を景気対策に利用して、加えて競争と重脳教育で、心を失った家庭をつくり出し、家のホテル化、家族のバラバラ化、独居老人、老々介護、家庭内別居などなど、絆の希薄化を進めています。

元々、家庭は大切な睡眠場所なので、国家権力といえども踏み込めない治外法権的な性格を持っており、爺様を家長に一致団結して守る要塞です。

各家庭は家訓や伝統で固めていたが、家制家長制の廃止や核家族化政策、受験・出世競争などで、大黒柱や話し合う時や意欲を失い、**最も大切な一家団らん**という家庭の基本も失い、食事の後は各自の部屋へとなって、立派な家、でも家族はバラバラに、と、絆で守る要塞が、心通わぬホテルに化しています。各部屋に電話をはじめホテル並の文明の利器を備え付けたばかりに……。

もくせいの花

お部屋にあかい灯がつくと、
硝子のそとの、もくせいの、
しげみのなかにも灯がつくの、
こことおんなじ灯がつくの。

夜更けてみんながねねしたら、
葉っぱはあの灯をなかにして、
みんなで笑って話すのよ、
みんなでお唄もうたうのよ。

ちょうど、こうしてわたしらが、
ごはんのあとでするように。

窓かけしめよ、やすみましょ、
みんなが起きているうちは、
葉っぱはお話できぬから。

元々の教育の中心は、お手伝いと一家団らんです。これらを通して家庭の一員としての自覚や、役目を果たして人のために働く利他を身につけ、料理・裁縫、礼儀・しつけなど、生き方の基本を身につけます。

そして「もくせいの花」「鯨捕り」のように、楽しい会話や大人達の話をどきどきわくわくして聞くなど、心豊かに育ちます。

物がないということは、心にとって好都合なので、子供に物を買い与えぬことです。

実は、素人の私がこの本を記せるのも、ここ十年以上、テレビも新聞もない時間を過ごせたからです。それはさておき、豊かな物が人を物化させたように、豊かな物が家庭をホテル化させ、最も大切な三世帯同居、一家団らん、お手伝いを失わせ、老後の不安、独居老人、老々介護、介護問題、絆の希薄化、家庭のバラバラ化などをつくったのではないでしょうか。

さらに、一人の子供に曽祖父母まで、多数の親族たちが※子供をスポイルしやすくなる時代。

※三井物産戦略研究所、寺島所長の指摘を借用。

子供に物を買って与えるな。

鯨捕り

海の鳴る夜は
冬の夜は、
栗を焼き焼き
聴きました。

むかし、むかしの鯨捕り、
ここのこの海、紫津《しづ》が浦。

海は荒海、時季《とき》は冬、
風に狂うは雪の花、
雪と飛び交《か》う銛《もり》の縄。

岩《いわ》も礫《こいし》もむらさきの、
常《つね》は水さえむらさきの、
岸さえ朱《あけ》に染むという。

厚いどてらの重ね着で、
舟の舳《みよし》に見て立って、
鯨弱ればたちまちに、
ぱっと脱ぎすて素《す》っ裸《ぱだか》、
さかまく波におどり込む、
むかし、むかしの漁夫《りょうし》たち——
きいてる胸も
おどります。

いまは鯨はもう寄らぬ、
浦は貧乏《びんぼ》になりました。

海は鳴ります。
冬の夜を、
おはなしすむと、
気がつくと――

《みんなの中で育てば社会性もつき……》

核家族化・少子化・合理化・人や社会の物化で、子供が人と接する機会が減り、その上競争で、子供をまるで養鶏場の中の身動きできぬ鶏のように、効率・成績のために、学校・塾・勉強部屋という限られた中で育てて、友達も限定させている大人達。

エイズ・ハンセン病・O―157の子供たちとは遊ぶな、貧乏人の子とはつきあうな、など と差別を教え、効率効率で地域社会など外部とのつながりを断たれ、純粋培養され、世間知らずに育てられる子供たち。

そんな、個を確立できぬ子が親になる時代を迎え、地域や社会・人とのつながりがなく、話し相手は子供だけで、一人で悩み一人で苦しむ人が増え、仕方なく子供とショッピングカーで

時間を潰す人も増えているとのこと。

公衆浴場、共同トイレ、井戸端など、共有するものがなくなり、列車でもアパートでも顔を合わせないように配慮してつくられ、豊かな物が人を分離させ、物に頼って人と人、人と社会などのつながりを断たれているようです。

核家族で人と接する機会を失い、手伝いもせず自分のことしかしない子が自分のことしかしない利己的な子になるのは、なるようになったということなのではないでしょうか。

「郡上一揆」の中で、子供を自分の家だけの者ではない、と言っていますが、誰のものなの？まず親が地域や市民活動・趣味などで子供を会合や仕事場などに連れて行き、地域や社会の中で育てる必要があるのではないか？　**みんなの中で育てば、みんなのために働けるようになるのではないか？**

「こどもの時間」という映画のことが、「産経新聞」の「産経抄」で紹介されていました（二〇〇一年七月十六日付）。この映画は、監督の野中真理子さんが、ご自分のお子さんを預けられた保育園の日常を撮った記録映画ですが、「産経抄」の記者は、「いまどきの日本に、こんな子供たちがいたのか、こんな保育園があったのか」と、その驚きは感動に変わったと書いています。

この「こどもの時間」のフィルムは、全国どこへでも貸し出ししているそうなので、あなたの町でも上映会を開いてみることをお勧めします（問合せ先＝マザーランド「こどもの時間」映

画上映委員会　電話〇三―三四九七―〇一四〇）。

また、『アーミッシュの謎』（論創社刊）という本があります。アーミッシュとは、スイス人のアマン師を創始者とするキリスト教プロテスタント・メノー派の一派で、アメリカ・ペンシルバニア州で、電気、自動車などの現代文明をかたくなに否定し、独自のコミュニティーを形成している人々ですが、ここでは、子供たちは幼い頃から農作業などの労働に従事することによって、家族と、アーミッシュのコミュニティーの目標を自覚することを学ぶそうです。

みんなで遊ぶという機会が少なくなった時代、こんな映画や本を通してごちゃごちゃとみんなで育つことの貴重さを、知って欲しいと思います。

《王様に育てたら後の祭》

科学の威力で人間の力を過信する時代、仏壇や神棚に向かって朝晩反省する習慣も薄れ、人は尊大不遜化しています。

少子化がそれに輪をかけているので、キヨ・ササキモンロウさんに触発されて講演している藤城博さんの話を聞いてみてください。ガン成人病完治法、非行、食事、受験勉強などの話が主ですが、子育ての一部を紹介しておきます。

〔不満に耐性をつける〕

犬猫を、かわいさのあまり何でも気に入るようにチヤホヤすると、自分が王様と勘違いし、気にくわないと、かみつく・吠える・イライラするなど、わがままになります。

子育ても同じで、厳しく育てないとわがまま放題、少しでも気にくわないと、親をののしる・けなす・蹴る、あるいは、いじける・すねる、どうにもならない子に育ちますが後の祭り。

小さい時から、泣こうがわめこうが、観察はするが手助けせず見守り、不満に対する耐性を少しずつつけ、我慢・辛抱できる子に育てないと、親の面倒を見ないどころか、何事にも耐えられず、社会に出ても役立たず、いつまでも自立できない子に育つ、とのことです。

近くで藤城さんの講演会があれば、聞いてみてください。いや、招いて講演会をしたら、学校全体の成績もぐんと上がるでしょう。

実は、今の医学は物質医学の二元論なので、「食が血となり肉となる」という、中国四千年の変化理論を認めません。だから食餌療法がないのですが、脳の原料は食べものなので、悪い食品が溢れている現在、食餌改善で成績がぐんと上がる子が多いのです。そんな話も頼めばやってくれるので……。

〔スタンバイ育児法〕 泣こうがわめこうが、観察はするが放置して……。

甘やかして育てると、自立できぬ、親の面倒見ぬ子に育つ。

《トラブル・失敗・事件・不便さが、人や民主主義を育てる》

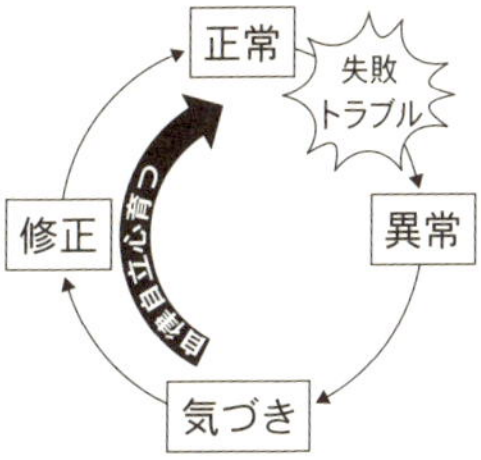
正常
失敗
トラブル
異常
気づき
修正
自律自立心育つ

自分（達）で気づき、自分（達）で修正・修復・回復する自律心・自立心のあるのが生きもの。

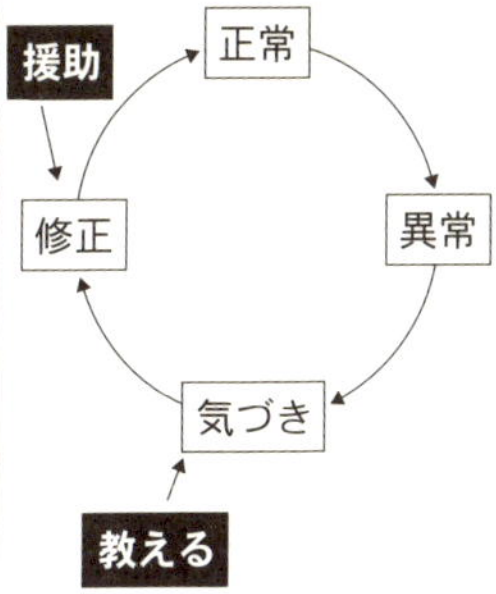
援助
正常
異常
気づき
修正
教える

（二元論化、物化のはじまり）
自分では気づかず修正できない場合に、親切心で本人にやらせず、すぐに教えたり手助けすると、本人は楽だが外部を頼り、外部からの助けなしにはできなくなり、自分の能力、心など自然性は育たなくなる。代わりに外部のものはどんどん発達する。
（便利になれば自然な力は低下する）（人工と自然は反比例）（外部の便利さを求めれば、本人の自然な素質がなくなる）（手助けし、便利になればなるほど本人をスポイルし老化促進）

そして世の中は相似形、そんな人がそんな社会を作るから下の図式になる。

[育児も教育も介護も、スタンバイしてすぐには手を出すな]
本当に困るまで待ち
ヒントだけ出して考えさせる、気づくまで待つ ——→ ｝物にならないように
考えさせて修正の努力をさせる ——→ ｝自分でやらせる。

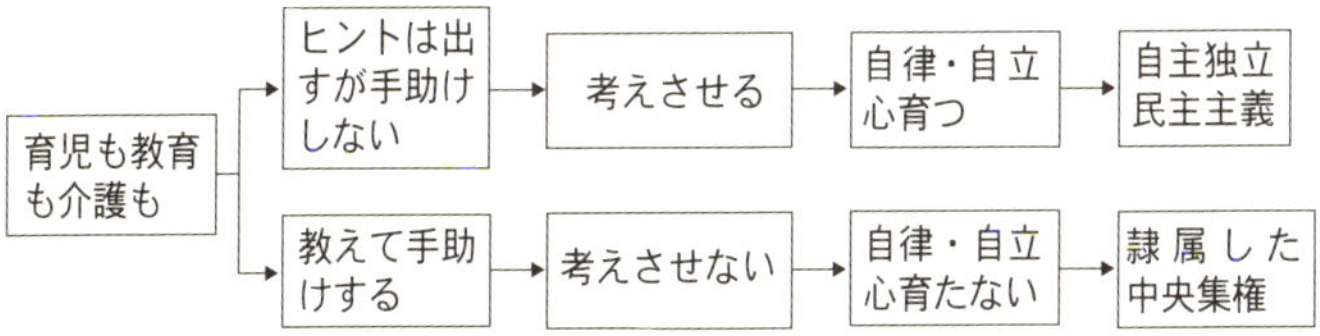
育児も教育も介護も
ヒントは出すが手助けしない
考えさせる
自律・自立心育つ
自主独立民主主義
教えて手助けする
考えさせない
自律・自立心育たない
隷属した中央集権

報恩講

「お番」の晩は雪のころ、
雪はなくても暗のころ。

くらい夜みちをお寺へつけば、
とても大きな蠟燭《ろうそく》と、
とても大きなお火鉢で、
明るい、明るい、あたたかい。

大人はしっとりお話で
子供は騒いじゃ叱られる。

だけど明るくにぎやかで、

友だちみんなよっていて、
なにかしないじゃいられない。
夜更けてお家へかえっても、
なにかうれしい、ねられない。
「お番」の晩は夜なかでも、
からころ足駄の音がする。

昔は、大人に連れだって公共の場に……。みんなと混じりながら遊びながら、叱られたり説教されながら、人とのつきあい方やお年寄りの生活の知恵など、生き方を教わりながら個を育てていた……。今は、自分の部屋でTVゲーム。(続けすぎると脳波のβ波が出なくなります)自分だけで楽しむか、塾、学校で競争……。

以上、競争のため、頭を磨くのに夢中になって心を育てぬ社会。知能・技能に長けるが冷たい人となるばかりか、強者のプログラムをセットされ、オウム信者同様、強者の情報しか信じず、事実に基づかない情報で強者に操られ利用されるので、車の両輪としての心をお忘れなく。そして子育ては厳しく。不満耐性がなければ、際限なく便利・快適を求めて心をすり減らし、強者に利用されます。

ごちゃごちゃと、みんなではつらつと育っている学童保育所の日常の記録映画に「こどものそら」があり、フィルム貸し出しをしています。「こどもの時間」同様、みなさんの手で上映会されることをおすすめします。

映画の中で、指導員の吉田泰三さんは〝分けない〟〝待つ〟ことの大切さを語り、自分たちで行く一週間の自転車旅行で子供たちは「もし親が来て援助してくれていたら、こんなに楽しくはなかっただろう」と言い、一週間で見違えるように逞しく

自分達のことは自分達でする、一週間の自転車旅行

なって行く……。

問合せ先

〒〇六四—〇九四四

札幌市円山西町一—二—四一六

〇九〇—五二二二—七七八八

「こどものそら」上映委員会（吉田）

第九章　自然から遠のく方へ進歩発展している

栗と柿と絵本

伯父さんとこから栗が来た、
丹波のお山の栗が来た。
栗のなかには丹波の山の
松葉が一すぢはいっていた。
叔母さんとこから柿が来た、

豊後のお里の柿が来た。
柿の蒂《へた》には豊後の里の
小蟻が一ぴき這《は》っていた。

町の私の家《うち》からは、
きれいな絵本がおくられた。

けれど小包あけたとき、
絵本のほかに、何があろ。

山や里、田舎には、食べものがとれ、自然の命の息遣いがある。町はきれいで立派で便利で、たくさんの人工物で満たされているが、命きらめく喜びがあるのだろうか。

《大切なのは食べものを作る山里なのに……》

私たちは、都市化と称して山里を崩し、美しい街、便利な社会をつくり、大都会こそが文化だと憧れて、街の銀座化、地方都市の東京化に励んできました。〝徒らに東京に憧れぬ〟岩手の山形村などは例外でした。

近年、画一的な街づくりをやめ、大型公共事業も減らしていますが、大勢は変わらず、国全体を食べもののできない、命の息遣いのない、コンクリートの、しかし便利で経済効果のある国土に変えようとするのは同じです。

自分たちの便利さ豊かさ経済のために、
○血と汗で開墾した先人の苦労も考えず、
○未来に起きる食糧危機にも考慮せず、
○食糧生産基盤である山里や自然を、
○開発という美名で破壊する姿は、

今のライフスタイルが自然に逆行し、神・自然から遠ざかっている象徴です。

何の疑問も抱かずこんなことができるのは、国際経済競争のためには、環境や自然、安全や命の多少の犠牲はやむをえないという、今の経済重視のライフスタイルのせいです。そして、それが常識となっているから、逆行しているという常識以外のことは気がつかないのです。

これを私たちは、大きな進歩と思っています。しかしそれは、自然を潰して効率のいい人工物を用いる方向、自然を壊し自然を失う方向、**自然から離れ遠ざかる方向**への進歩です。

日本ほど自然をお金に変える国はなく、世界のゼネコンの上位を日本が占めています。

《自然性を失う生き方》

一元論では、153頁のように幸せや満足は自分の心一つで得られます。

でも、今の二元論のライフスタイルでは、自分以外の他のものに幸せを求め、心の内にある感じる力に注意を払わないから、外のものが立派になればなるほど、自分の感じる力は低下して、求めても満足せず、また、求める↓一応満足↓やがて不満↓また……、これを繰り返してイタチを追いかけ、常に求め常に頑張りゆとりも安らぎも失って、心がすり減り心が失《な》くなって物化し、不感症となって自律神経失調や不定愁訴、慢性疲労から生活習慣病や過労死、或いは、自然環境の破壊、或いは義理人情助け合いの消失など、あらゆる面で自然性を失うようになります。

秋のおたより

山から町へのお便りは、
「柿の実、栗の実、熟《う》れ候、
ひよどり、鶫《つぐみ》、啼き候、
お山はまつりになり候」

町から山へのおたよりは、
「燕がみんな、去《い》に候、
柳の葉っぱが散り候、
さむく、さみしく、なり候」

今の生き方は、自然から遠のく生き方だからですが、不自然なものは必ず崩れます。

（自然と人工は逆比例・自然を壊せば経済は上る）

公共工事で人工物をつくれば、維持管理に税金を使え、天下り先もつくれる。不必要に掘ったり埋めたりするのも……。加藤紘一氏の元事務所長が、簡単に二億円もの口利き料を集めたのも、道路の維持管理の仕事を餌にしたものだった。自然を壊し人工物を作る大型公共事業は餌に利用しやすい。

私たちは自分以外のものを立派にしながら、便利に豊かになりながら、それを求めすぎて、いつか崩れる不自然なことをしているのです。

《上からは絶対改まらない》

でも物質文明は、幸せや満足を心で得るようなことは、絶対認めず行わず、教えません。それは、それが心を軽視する物中心や、反自然の科学万能であるばかりではなく、根幹に関わることだからです。

すなわち物質文明は、神を認めず神自然を征服支配する文明だから、心や魂など神自然に類するものに主役を渡すようなことは絶対しません。

だから、物や人工物、その源である脳、

脳—頭—技術—物・金・経済—人工物—力

などの、考える葦としての人間の特性を守って、

心—良心—分神—民主—神—自然—愛

強者は、心次第で幸せになるような方法は絶対させない。

の、人として持っている自然のものに絶対主役を明け渡しません。

だから、そんな物質文明そのものを否定するようなことは、それに染まりきっている物質文明の指導者たちに、できるわけがありません。たとえ、

○逆さまと言われようとも、
○弱者が苦しもうが犠牲になろうが、
○未来に莫大な借金をツケで回そうが、
○環境や心身を破壊し資源を食い潰そうが、

物・金・経済に頼らぬまともな生き方を許して、神・自然たちを主役にさせたりはしません。

しかし、物・金・財産・競争に負けつつある私たち庶民には、それができます。

だから私たちが、その競争をやめて、強者の蓄財・栄達のために犠牲になる、今のピラミッドの底辺役を降りることです。

つまり、便利・快適・豊かさ・進歩・発展、景気・経済・効率を求めて競争することをやめ、何が大切で、何が幸せで、何

経済より大切なものを見つけ、求める人たちを、グリーンコンシューマーと言います。

を求めているのか一度ゆっくり考えてみて、経済より大切なものがあることに気づき、それを求め、そんな人を代表に選ぶことです。

でも強者は、そうはさせじと地位・高給などのご褒美を出し、**私達がそれになびくから、**それらを求めて競争し、地球や未来などの弱者を犠牲にする今のライフスタイルを改められないのです。

でも今の私たちは、物を使い消費せずには生活できないほど、物に頼っています。

だから、同じ命を殺し消費するにしても、どんな意識で殺し利用するのかその心が問題となるので、次は、その心・意識についてお話したいと思います。

《物質文明になるかならぬかの違いは……》

生きものを殺して利用する時、もし……、

①万物皆兄弟とし、物をつくり使う手や脳を、

②個性とみなし、かつ、生きものはすべて、

③自分の身一つで生きるという自然の基本を自覚している、
など、一元論の立場なら、利用する他の命にすまないと手を合わせ、謝罪も感謝も、必要最小限の利用もでき、便利・快適、豊かさ、グルメ、経済のために、歯止めなく他の命を殺すことも、むやみにゴミにすることも抑制でき、物質や経済依存を抑えて物質文明にはまらずとも充分幸せに暮らして持続可能な生き方になります。

しかし逆に、

①万物兄弟や魂を認めず、手や頭脳を、

②人間を別格視する証、と見て、かつ、

③身一つで生きる基本も知らず、他のものを利用するのは当然、との二元論の立場なら、考える輩である強くて偉い我々が、脳力劣る弱者を殺そうがどう使おうが構わんと、他の命を殺しては便利な商品をつくり、便利な物に依存する物質文明になって行きます。

このように、どんな心・意識で殺し利用するのかが物質文明に進むか否かの分れ目になり、更に、金さえ出せば……、の横柄な二元論の心が本人を物に変えて行きます。

《今の西洋は本物の西洋文明ではない》

日本文明の場合、後者の欠点を戒め、前者の立場をとり大和心を生んだが、西洋では逆に、長所に目を向け自信をつけすぎ後者の立場をとりました。その結果その奢りで、ユダヤ秘教の中に※カバラ学として、自然のものより便利な人工物の方が良い、自然のものを生み出す神・自然より、人工物をつくり出す人間の方が優秀、という思想が生まれ、それが十五世紀に、キリスト教カバラ学として入り込み、神を敬うはずなのに、人間中心主義という、教義に反するものが入り込んだキリスト教、神を認めているようでもそうとは限らぬものになり、二十世紀末にやっとパウロⅡ世が人間至上主義の誤りを認めました。

　がしかし、時既に遅く、それは、ルネッサンス＝人間復活と讃美されて、四百年もかけて近代科学を中心とする今の西洋文明を育て上げた結果、人間中心主義は社会の隅々までガッチリ強固に定着したので、今の西洋文明の誤りに気づいて、改めようと言

（同じ強者が表で助けて稼ぎ、裏で人々を苦しめている）
最強の黒幕達は、便利・快適・豊かさを与えて、身体などの自然性を崩し、高額医療でしか治らぬ病気にさせてしまい、高度最先端医学で大きく儲けるなど。

う人はあまりいません。

気づいても、社会の強固な土台になっているので改められず、今の西洋文明は誤りの上に成り立ったままです。

だから、臓器移植とか遺伝子操作などが最先端の科学として華々しくもてはやされ、神・自然から遠のく方に進歩しているのです。
※カバラ学……『エリザベス朝時代のオカルト哲学』『薔薇十字の覚醒』（フランセス・イエーツ著／工作舎）参照。（「自然医学」14／1の太田龍氏の文明評論より）

《自然から遠ざかる方向に進歩している》

これを別な面から言うと、科学技術とは、自然のままでは不便・不自由・非効率だと自然のものを人工物で置き換えて、自然を征服・支配することを基本にして、自然に逆らい、自然の秩序を壊して、人工の秩序にするものなのに、物質文明は、こんな科学を基本にしているから、自然から遠ざかる方向に進歩するのです。だから、科学技術、すなわち文明が進めば進むほど、そのためにと勉強に仕事に頑張り、出世し、経済効率を上げ、文明化を進めるほど自然を破壊し、義理人情はもちろん、譲り合い・助け合い、優しさ・温かさなど、人としての自然性も失い、人と人、人と自然などのつながりも薄れ、関係ない、うるせえ、俺の勝手などと、冷たい人・冷たい社会になるのです。

その結果、便利にはなったが、五感や生命力・生活力を低下させてしまい、便利な人工物なしでは生きて行けないほどになり、今では、テレビがないと……、車が、洗濯機が、携帯電話がなくては生きて行けないと、勝手に思い込んでいます。

でもそれらは、四十年前には、**今の世界の大部分の家庭にもない**もので、なくても充分暮らせるものです。

文明人とは、手に入れても満足せず、より便利なものをつくり出し、過去を忘れて、それなしでは生きてゆけないと思い込み、一度味わえば元に戻れぬ人たちです。

こうなるのも、二元論の分断性は、可逆性も断つからです。

でも材料は生きものであり、使用後に循環

（携帯電話がないと暮らせないのか）
（となりの家と話するにも……）

させないから、便利になればなるほど生きものを殺し、環境を汚染・破壊し、未来に残すべき資源を消費し、地球・自然・未来をおかしくして行きます。

自然を征服・支配・コントロールしようとする、今の文明・今の科学による今の生き方・今のライフスタイルがおかしいのです。

文明人とは、兄弟であり、自分たちの生きる生活基盤である生態系をつくってくれる、生きものの命を平気で殺す人たちです。

天に唾する人たちです。

ということは、親であり恩人である神・自然に逆らい背く人達であり、**背く方向に進む**人たちです。これが私たち文明人です。

これを胆に銘じて、ホドホドの限度、**「吾、唯、足るを知る」**という老子の言葉をわきまえるべきではないでしょうか。

このように、今の科学や文明は素晴らしいものには変わりはないが、

○自らの存立基盤を崩す危険な方向、

○人間の傲慢さを目いっぱいに拡げる方向、

○神を恐れぬ尊大不遜な方向、

○環境や人体などの自然を壊す方向、
○自然界から離れ人間圏を作る方向、
○欲望の限りを尽くす方向、
○いつか必ずしっぺ返しを食う方向、
に進んでおり、欲望のとりこになった強者たちが、欲を果たしてくれる物質文明で、自分たちの欲を果たそうとしています。

※[1]全人類を家畜並に牛耳る欲望を……。

以上のように、今の便利で快適、豊かで経済に潤う文化生活は、魂を認められない動植物や、未来や地球の裏側途上国などの弱者の犠牲の上に成立しています。

こうなるのも、「自分のこと

兄弟の命を殺して利用するのは共食いのはじまり。肉食はそれが一番進歩したもの。

は自分でやる」一元論の基本を忘れ、自分の便利・快適、豊かさ・幸せ・満足を、自分の心・身体・生命力など、自分の身一つでなす一元論を使わず、物・金・技術など、自分の外の物、資源や動植物を使う二元論で、それらをそれら弱者から得るからです。

心の時代とは、幸せ、即ち人生の目的を、今までは、物・金・財産など自分以外の物で得る二元論で得ていましたが、これからは、自分の感じる力、五感・生命力、自然治癒力など、自分が持っていて自分の身一つで得る一元論を用いる、つまり自分の身体を支配する心一つで得ようとするものでもあります。

つまり幸せは、忙しく努力しなくとも、自分の思い一つ、心一つ、**心のスイッチを切り換えるだけで、**※2すぐに得られます。

そのスイッチを入れようとするのが、大和魂であり、それを無視するのが物質文明ということです。

※1　113頁のディヴィッド・アイクの本参照（この本、高価なので図書館に揃えてもらえば……）。

※2　第六章《目的や幸せについて考えさせない》を、もう一度どうぞ。

自然と一体化して　○自然を敬い、自然に感謝し従う
○自然従順型のライフスタイル。

で、この章の最後のまとめとして、次々ページの図を作ってみました。

すなわち、私達が真面目に一所懸命、勉強に、仕事に努力しているのに、環境や介護など、さまざまな自然性を破壊するのは、結局万物一体、命は一つという自然従順の一元論の日本文明を捨て、自然従服型の物質文明にのめりこみ、二元論化を進めすぎたからですが、その根っこに「星とたんぽぽ」があった、というわけです。次々ページの図をご覧下さい。

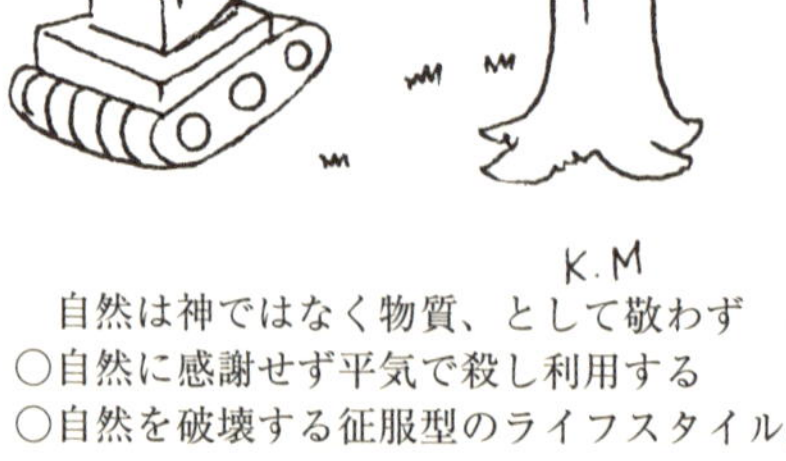

自然は神ではなく物質、として敬わず
○自然に感謝せず平気で殺し利用する
○自然を破壊する征服型のライフスタイル。

―《一メモ・山の中で哲学者を招いての講座》―
〔山里フォーラムinかなやま〕

山形県金山町に、グリーンツーリズムのさきがけを開いた栗田和則・キエ子夫妻の主宰する体験民泊「暮らし工房」がある。

藍染、草木染、山仕事、山遊びに、本邦唯一のメープルシロップ作りの体験もできるが、この地域の民泊は住民が主体で、自分達の民家や暮らしの中に都会の人達を受け入れ、住民自身が楽しんでいる。

そして8月最終土・日には、全国から参加者を募って山里フォーラムを開いており、哲学者も地域住民の手で、7年間も招いている。他には類例は探せまい。

講演内容は、例題は異なれど趣旨は同じ。地域や自然に根ざしてこそ文化であり、自分達のことは自分達でやってこそ面白くイキイキとなる、という一元論そのものの話であった。

社会全体が二元論化している現在、時には美しく澄んだ水と空気や体験学習だけではなく、一元論の講話も同時に聴けるこのフォーラムを狙って、美しい山里に来て、身も心も洗ってみてはいかがだろうか。ぜひお勧めしたい。

哲学者とは、総合プロデューサーとして従来方式ではなく県民主体の群馬国民文化祭⇒県民がイキイキワクワク自分達の手作りで成功させた山内節氏。栗田夫妻も自然に従い地域主体、自分達が主役とする延長で催を毎年行っている。

〒999-5411
山形県金山町杉沢「暮らし工房」
電話　0233-52-7132
(新庄市の保存農家は、ここから車で15分くらい)

自然から遠のく方に進むかどうかは、見えないものを認めるかどうかではないか

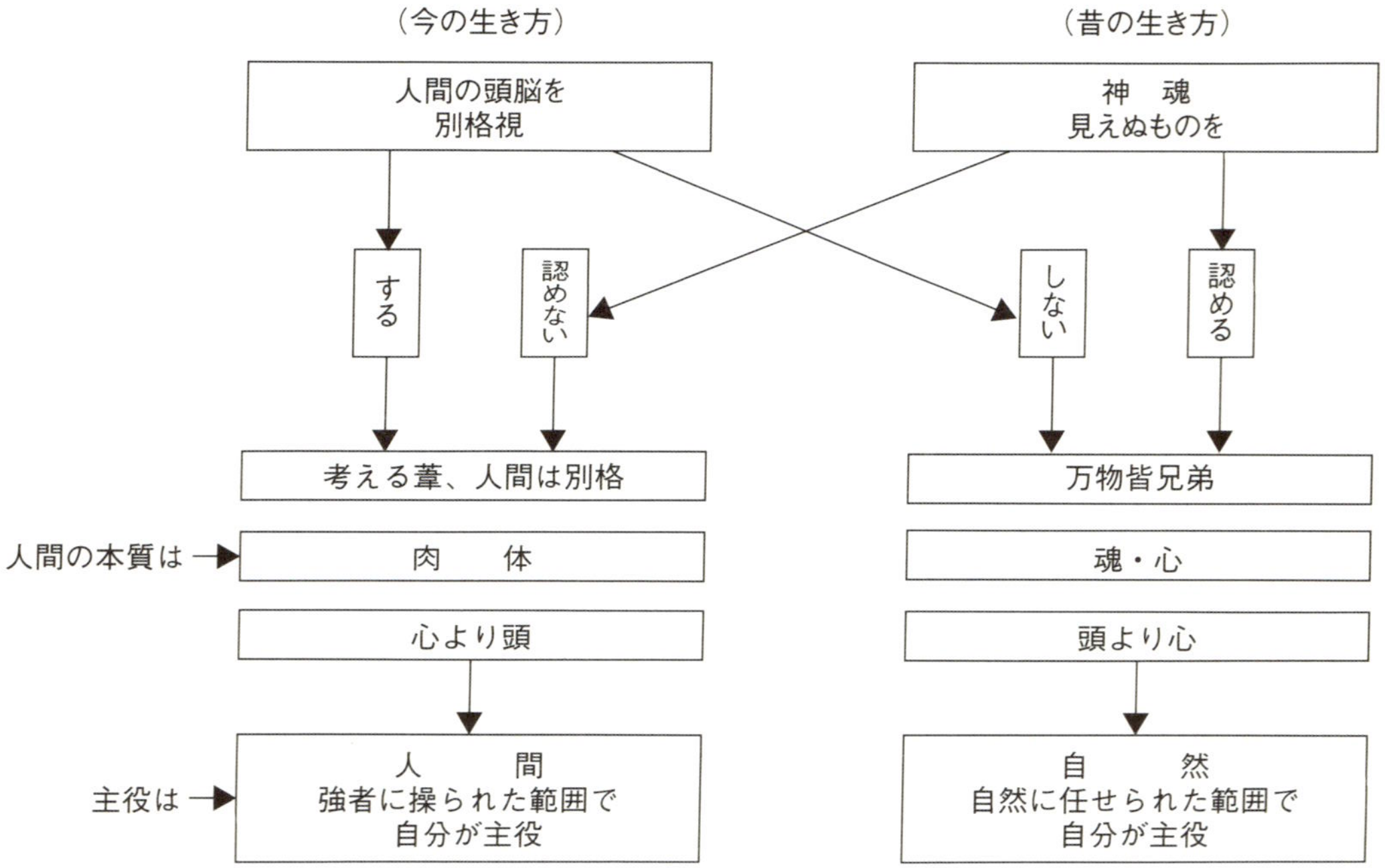
（今の生き方）
人間の頭脳を
別格視
する
認めない
考える葦、人間は別格
人間の本質は
肉　体
心より頭
主役は
人　間
強者に操られた範囲で
自分が主役
（昔の生き方）
神　魂
見えぬものを
しない
認める
万物皆兄弟
魂・心
頭より心
自　然
自然に任せられた範囲で
自分が主役

自分さえ… 今さえ…（エゴ）	仲間意識 みんなのために
利己、自力	利他、他力
尊大不遜	謙虚、思いやり
感謝しない	感謝する
物を開発して物に依存する物質文明	心を磨いて 心で便利、満足を得る精神文明
命より経済	命を大切にする
力による／愛の不足する奪いあいの社会	愛による／助け合い ゆずり合いの社会
心不要。心育たぬ	心が中心、心が育つ
20世紀は これだった	21世紀は これで
自然から遠のく	自然と一体化する

第十章

便利さや経済力を求めて命を殺すのは改めては!!

私たち文明人は、便利・快適を求め進歩発展させるのは当然と思っています。しかし、それらを進歩発展させた結果が、地球や心身の破壊です。本当にそれらを求めるのがいいのでしょうか。また、いつまで求めるのでしょうか。

《命を殺してまで豊かになろうとは……》

精神文明が主で、一元論の日本文明では、
○幸せや満足を自分以外の物に求めず、
○自分の心に求めて心を磨くので、
自制心も育ち歯止めも利くし、他の生きものを害してまでも、便利・快適・豊かさ・効率を求めないので、

○地球や心身の自然な環境を破壊せず、
○逆さまな世にしないように努めます。

ところが、物質文明の今の生き方では、二元論であるため、心が育たず、際限なく物や便利や進歩などを求め、地球や心身の自然性を破壊し、逆さまな世にしてゆきます。

二元論である物質文明の生き方は、一元論である自然界とは正反対、自然から離れる方向、逆さまな方向に進んでいるから、今の生き方で努力すれば、自然を壊し逆さまな世にしてしまうのです。

便利・快適・経済などを求め、二元論増やしに努力して、一元論を減らしているからです。

《今に充分な満足を感じないから求めるのでは》

東南アジアには、多数の山岳民族がいますが、ラオスのある部族の人たちは、物質文明をかたくなに拒み、なぜそんな不便なことをあえて行うのだろう、というような不便な生き方をしていると、ラジオで聞きました。

様々な価値や意識は、すべて自分の心が決めるのですから、違う価値観の人から見れば理解できないのは当然です。

先にご紹介した『アーミッシュの謎』（論創社刊）という本を読んでも、私たちからすれば、求めればいくらでも便利さを享受できる時代に、なぜ、敢えてそんな生活をしているのだろうと思ってしまいますが、「効率や便利さを求めないと、時がゆったり流れ、大地とも、人とも深いつながりができる」という一文に触れると、豊かさと便利さは別のものということが分かり、もしかすると、彼らの方が精神的にはより豊かなのではないかとさえ思ってしまいます。

一般に、私たち文明人が便利・快適・豊かさ・進歩発展を求めるのに対し、私たちが野蛮人と呼ぶ人たちは、それを求めません。

私たちがなぜそれらを求めるのかというと、今を充分満足していない、或いは新製品が出ると心移りする程度の満足、或いは新製品に改めねばならぬほど、今現在、自然や未来に負荷の大きな生き方をしているからです。

例えば、いくら省エネの冷蔵庫ができても、その日に採ってその日に食べる生き方をしている人たちには、価値はありません。

彼らは、便利な物を使わず、必要最小限の暮らしでも、すでに充

今を充分満足していると、どんなうまい話にも乗らない。物にではなく、自分の心・気持ちに満足や喜び、幸せがあるから。

分な省エネ暮らしで、今を充分満足し、幸せを感じているから、いくら便利で豊かで省エネの物を勧めても、かたくなに拒むのです。

先祖から受け継いだものを、何も足さず何も加えず子孫に渡すから、悠久の時をつなぐことができるのではないでしょうか。

もっともっとと際限なく求めて、求めても求めても限度なく、忙しく、資源や環境や未来や心身までも破壊する私たち文明人と、今のまま充分満足し、仲良くし、争わず、永続可能な環境を残す野蛮人と……。

文明人が野蛮人で、野蛮人が文明人ではないのかと思うのは、私一人でしょうか。

でもこれでは、物が売れず経済が上がらぬから、文明人たちは文明化されていない民族を、学校を建てるなど援助しながら、無駄な殺生を戒める伝統文化を潰して、命をどんどん殺して物・金に頼る生き方に変えさせ、結局は先進国の市場と原料供給国に育て、貧困

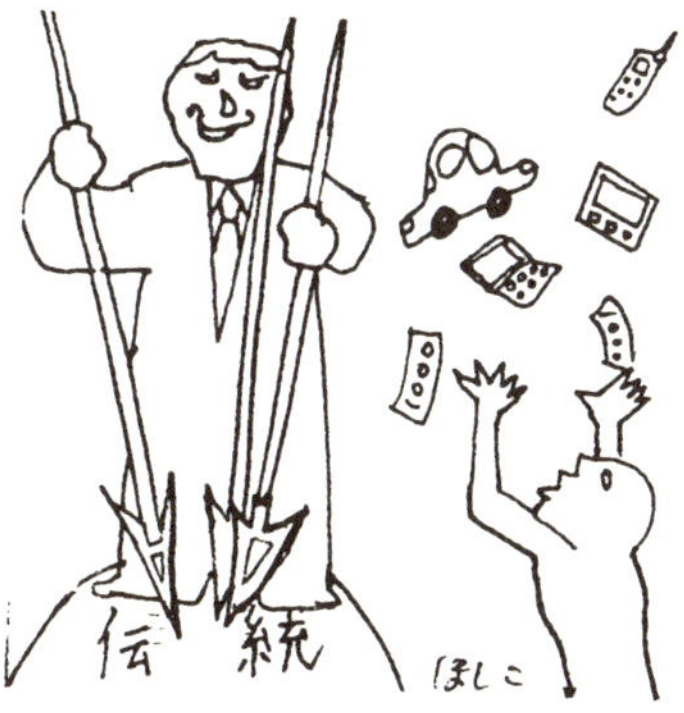

海外援助や協力の裏には、伝統文化を潰して物質文明化させ、経済依存化させ市場化する狙いがある。

に導いてきました。

援助や海外協力の表面の利点に囚われていると、深くて見えぬこのような欠点に気づきません。このような欠点をうまく利用する人たちが、表の利点を前面に掲げて援助を正当化・ＰＲし、善意のボランティアの人たちを利用して文明化させ、伝統文化を潰させます。

《西洋に憧れる指導者が、伝統文化を潰して貧困にさせる》

山間奥地で西洋人に利点がなければよいが、利用価値があれば植民地にしました。まず、宣教師が宣撫し、次に武力で傀儡を操り、搾取と市場化を行います。

不便をいとわず、便利・快適を求めぬ彼らに物を売りつけるには、そんな生き方である伝統文化を潰すこと。

それには、天に従い自由に生きる国民を、

○西洋の強者と結んで支援された指導者たち、

○西洋を信奉し盲従するその国の指導者たち、

○西洋に操られ手先となった国の指導者に従わせ、

彼らをして生き方を変えさせます。

まず、インフラ整備、保健衛生・医療・教育など、生活水準を上げさせて、伝統文化・伝統の生き方→自給自足の伝統農業等を潰すのです。

でも、物の豊かさに囚われた指導者たちは、ＩＭＦなど西洋の強者から借りてでも、[※1]ＧＤＰや物質を求めるから、西洋の強者に経済を通して操られるようになります。

近代化とはこういうことであり、先進国の土俵に上げられ市場にされることです。

グローバル化とか国際化とかは、

○他国籍企業が活動しやすい環境づくり、

○他国民から搾り採って、自分たちの富を作ろうとする、

物質文明人の魂胆です。

その代わり、高層ビル、道路など、街は整備され車は増え、電気・水道・ガスは自由に使え、夜遅くまで明るく、凄く便利になります。

でも、資源エネルギーは物凄く消費し、ゴミが街に押し寄せて来るし、その結果、自給自足の、つながりや人情はあるが経済依存度の低い、金がかからず強者に縛られない自由な生き方から、つながりのない冷たく金がかかって強者に雇われ縛られ操られ、自由を制限される生き方に変わり、西洋に搾られ、貧困から抜け出せないようになります。

伝統文化を潰され物質文明化されると、便利・快適・豊かさを求めて消費するのが当り前、消費拡大は至上命題と錯覚させられ、もっともっと、[※2]モアアンドモア教の信者にさせられ、求

めても求めても満足できなくなり、物化スパイラルに陥ります。

こうして、西洋先進国に搾られるのですが、気づいても後の祭り、国の指導者達は、西洋の強者に従って、彼らと合法的にがっちりとスクラム組んで、かつ、押さえられているのでどうにもできず、国民は貧困から抜けられません。そしてその分が先進国に行くのです。

貧困は、表面上はその国の不都合で起きていますが、根っ子は外国の干渉。

その国の指導者が国民とではなく、外国の強者と手を組む国づくり、外国に便宜を与える国づくりから生まれており、先進国が手を退き総撤退すること、これが根本対策だと思います。

それには、後進国の目覚めと覚悟が必要です。

ともあれ、文明化で伝統的生き方を潰され、欲望を上手に引き出され、消費せずには生きられないようにさせられ、不感症スパイラルから、金、金、金、便利・快適、便利・快適を求めるようになるのです。

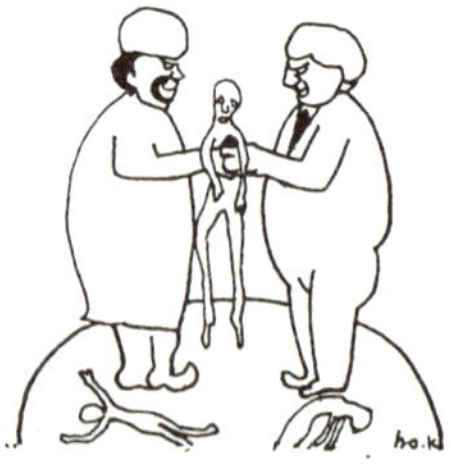

先進国の強者と手を組んで、自国の弱者から搾らせる途上国首脳（スハルト・マルコスなど）。

白人と手を組むジンバブエのムガベ大統領はいずれ倒され、白人の農園は接収され、それが各国に波及するでしょうが、無血で行われるよう、白人は無条件で撤退した方がいい。黒人同士を抗争させるよう裏工作するだろうが……。

※1　ブータン王国は、経済のGDPではなく幸せのGDPを求めるそうです。見習うべきは先進国ではないようです。
※2　便利・快適・物・金・経済を果てしなく求める人たち。ネットワーク「地球村」の用語。

《従わぬ者は殺して……》

元々、西洋以外のほとんどの民族は、神を敬う一元論の生き方だったのですが、進歩の過程の中で、限りなく天道に近づけることや、自分の身一つで幸せや満足を得ようとすることを忘れ、自分のことを神にしてもらうという、二元論を帯びてきます。

だから参拝は、自分のお願いをするのではなく、誓いにすべきで、祈願は、みんなのための願い、みんなへの祈りにすべきと思います。

それはさておき、コロンブス以来の西洋人は、この生きものの基本の忘れや、神への依頼心を利用し、伝統文化から物質文明へ切り換えさせました。

知力・武力に勝る彼らは、鉄砲などの最新技術で、神業を超える威力を見せつけ、自分達に従えば神より確実に恩恵があることを実証してみせて、神に従う生き方から、自分達に従う物質文明の生き方に鞍替えさせたのです。

便利・快適を求めぬ伝統を潰して、求めずにはいられないようにする。それはちょうど麻薬のようなもの。

拒否する者は見せしめに殺したり、争わせて従う者に援助して殺させながら、否応なしに従わせ鞍替えさせせました。

ご褒美に、物・金・財産・地位・権力・高給・便利さなどを与えながら……。

そして、欲望を上手に引き出されて、今では誰しもが、便利・快適・豊かさ・進歩発展を求めるのが当然、と思っているのです。

こうして、世界中を西洋の市場となし、軍事力を背景に植民地主義で搾り、軍事力が使えなくなるとそれを隠し経済力に代えて、グローバリズムで上手に搾りとろうとするのです。

搾るために、各地の伝統文化を潰し、世界は一つなどとグローバル化を進めています。

でも、それで便利で豊か、進歩発展し、競争力はつくなど、利点は鮮やかに現われます。

しかし、なぜ、何のためそれらを求めるのか、求めた結果どうなっ

西洋の強者たちは、プランテーションで森林を農園にし、換金作物の単一栽培で自給自足の伝統農法を潰して、工場労働者並に金に追われる農業労働者に変えていった。

部族抗争にしろ貧困にしろ、白人が資本を投下した地域に起きている。教育制度不備が貧困を作るのではなく、※物質文明を教える教育および教育援助が貧困をつくるのだ。

たのか、目的も反省も検証もないままグローバル化などしてそれらを求めるから、結局貧富の差を拡げ、みんなで仲良く幸せに、との神の指示に逆行してしまいます。

黒幕たちは、長期的に搾ります。はじめから気づくような搾り方はしません。そのために、便利・豊かさなど私達が喜ぶ餌を与え、喜びに気をとられている間に、気づかぬぐらい少しずつ、しかし、合わせるとその何倍もの利益を得るようにしています。

私達が当然と思っている便利、豊かさ、効率経済性などは、餌にはもってこいのものです。


私たちは、西洋の科学や文明という素晴らしい餌に惑わされて、大和魂を捨て、自然を征服する文明に乗り換え、平気で命を殺しています。ゆえに、次は反省したくなるような話を。

※ネットワーク「地球村」のワンデーセミナーの「人口爆発」のワークショップで体験するとよく分かります。

従わねば見せしめに殺す西洋人。

強者は、弱者に便利さ豊かさ、効率・経済性アップなどの餌を与え、その何倍もの利益を得ている。

《生きる厳しさを教えた例》

ネットワーク「地球村」の高木代表は、今の逆さまな世の中は、自分たちの生き方によるのだから生き方を変えよう、生きる基本の農業を知ろう、と農業実習に出た時、畜産体験に家族で子牛を飼いました。

モモと名付けられた子牛は、小学生の長女かもちゃんがかわいがって世話していました。ある日学校から帰ってモモの所に行くとモモがいません。お父さんお母さんに聞くと、「ちょっと……、今日は帰らない……」と適当な返事。でも一応納得しました。

そして、今晩はご馳走を、ということでステーキになり、「いただきまーす」と言うと、お父さんが急に真面目になり、「実は……」と言いました。

当然かもちゃんは激しく泣き、激しく怒り、お父さんお母さんに食ってかかりました。

食事は開始されぬまままずいぶん経ちましたが、かもちゃん

がようやく落ち着きを取り戻した時、お父さんは「モモだけが特別じゃないんだ。モモはみんなに愛され、かもも精いっぱいかわいがって、きっとモモも納得してくれたと思うよ……」と、諄々と話し聞かせているうちに、かもちゃんもようやく得心し、「食べる……」と言って、泣きじゃくりながら食べたそうです。きっと「にがいお菓子」どころではなく、悲しい悲しいお肉だったでしょうね。

泣きじゃくりながら
食べるかもちゃん。

《食性に従って肉食を見直そう》

自然には、命によって生かされ、命を殺さずには生きてゆけない厳しい掟があります。だから、命を無駄にしないように、食性とか必要最小限という掟も備えてあります。

だから、どうしても学校給食をするのなら、単に栄養物の補給だけではなく、食べ方を通して生き方を知る食育もあっていいはずです。

しかし、経済最優先だから、食育も食事指針もなく、怖いからと食べない牛肉まで、給食を安全宣言に利用し食べさせています。

在庫整理と安全ＰＲには給食は効果抜群なので……。

元々、肉食は食性という自然の掟に反するもの。天武天皇の時代から伝わる食肉禁断の令を思い起こし、今回の騒ぎはむしろ天の啓示、「酷い飼い方までして穀菜食のあんたらが、肉食獣のまねしていたら、今に考えられないような怖い目に遭うよ……」という、天からのイエローカードと見るべきではないでしょうか。だから、自然の掟に従い、食肉畜産業からの総撤退を行うべきです。

また、これは割愛しますが、肉は河豚《ふぐ》同様、うまいから食べるのであって、栄養のため、健康のために食べるから、死ねば馬鹿みるのです。うまいからと命を賭けて食べれば、死んでも狂牛病や成人病になっても本望でしょう。

食の洋風化が大腸ガンなどの成人病の源と言われますが、肉は洋風化の源ですよね。

自分以外の他のものを使わず、自分の持つ自然な力を高めて生きるのが、生きものの基本。

その基本中の基本が、自分の行動を律する自律心・克己心であり、これらから生まれる自由だ。

私達は便利さ・豊かさ・経済などの餌につられて、これらの心を失ってゆく。文明の進歩とは、それらを失うことか。

便利さ効率・経済を追い求めれば自制心が育たず失敗する。

深く考えれば分かります。


百亀からの宿題。

砂漠や寒帯の人達は穀菜食ができず、やむをえず草を牛羊などに食べさせ、その肉や乳を食べ、何万年もかけて身体を肉食できるように作り変えてきました。

亜寒帯に住む西洋人もそれは同じです。でも彼らは、殺すからにはと謝肉祭で謝罪と感謝をしていますが、私達日本人は、食肉だけを取り入れ※それを行いません。

※昔は鯨への法要もしていた。「放生会」として、生類を買い上げて逃がしてやる行事もあった。

《三つの提案》

いや、経済動物と呼んでいるように、経済のために牛を殺し、その酷い飼い方で、牛の腸内にO―157を作らせました。そして今度は狂牛病。

イエローカードは二枚になりました。まだ食べますか。三枚目は赤、実刑ですよ。

でも私たちは、食性や必要最小限を無視し、

○経済や飽食、贅沢のために、
○便利・快適や自分たちの利益のために、
○牛以外も必要以上に命を殺しています。

△殺して済まない、とのカケラもなく……。

だからといって、急には改められません。そこでせめてみすゞの「お仏壇」の詩にあるように、朝晩、謝罪・反省・感謝するほかに、常に念仏のように、ありがとう、ありがとうと、声に出してでも出さなくても、食べる時はもちろんのこと、物をつくったり処理する時、食べ残す、ゴミにする時は特に、彼らのために唱えませんか。車の中でも電車の中でも、いつもいつも……。

大量生産・大量消費で、物凄い命を、毎日毎日殺しているのだから、どれだけ謝罪しても感謝しても、不足はしても、多過ぎはしません。

二元論の生き方で今の私達は、他の生きものに頼らなくては生きてゆけないほどに進化したのだから……。

そしてもう一つ……。

先のかもちゃんに習って食育の一環に、学校や幼稚園で鶏や豚などをみんなで手塩にかけて育ててみる、そして育てた生きものを自分達で殺して食べてみて、それが何を意味するのか考えてみてはどうでしょうか。

そして、人を物と見て、見えない物を見ようとしない物質文明の現代栄養学によって、私達は食べ物を単なる栄養物とみなしています。だから、私達は、

○他の生きものによって生かされている、
○他の命を食べて生かされているという感謝の意識なしに、
○経済力にまかせて必要以上に飽食し、
相手の身になって食べることなどなく、だから、残そうが旨いところだけ食おうが構わず、人間の勝手で食べています。

みすゞを知ったこの機会に、一度でも、相手の身になって食べてみませんか。あなたの子供さんがライオンに食べられる、などとは申しません（でも、ライオンが人を食べるのは理にかなっているが……）。
せめて一度、残される母牛・子豚の身や、食べられる子牛や母豚の立場になって、子牛や母豚を食べてみて下さい。そしてその時の気持ちを忘れないでいて下さい。

鯨法会

鯨法会は春のくれ、
海にとびうおとれるころ。

はまのお寺で鳴るかねが、
ゆれて水面をわたるとき、

村のりょうしがはおり着て、
はまのお寺にいそぐとき、

おきでくじらの子がひとり、
その鳴るかねをききながら、

死んだ父さま、母さまを、
こいし、こいしとないてます。
海のおもてを、かねの音は、
海のどこまで、ひびくやら。

まとめ

私たち日本人は、真面目で勤勉、一生懸命努力しているのに、義理人情は言うに及ばず、環境ばかりではなく、心身やモラルまで崩壊させているのはなぜか、そしてどう対処すればいいのか、本書をまとめました。

それは、今のライフスタイルが物中心の物質文明であるため、今の生き方自体を改めて対処すべきで、その道筋は次の通りです。

〈物中心から心中心に〉

○今の生き方は、心より物が大切として心を軽視し育てず失っている。だから、

〔物より心を大切にすること〕

○物が豊かさ幸せを与えてくれると思い、物を求めるから、

物の豊かさから→心の豊かさへ

物・金・経済・地位・高給から感謝・感激・感動・友情へ

経済第一主義となって、金、金、金の世の中になる。だから、
〔物が豊かさ幸せを与えてくれるのか、心一つで幸せになるのか考えてみる〕

〈目的を確認する〉

○勉強・仕事・人生などの目的・目標が不明確だから、行動や結果を評価する基準がなくて、おかしなことでもおかしいと測定できず軌道修正できない。だから、
〔何事も目的・目標を明確にし、それに沿う行動をしているのか常に検証する〕

今の生き方では目的がないから、善悪の判断ができない。

○いや、それらの目的が、自分・自社・自国や、今だけなどの二元論なものゆえ、他人は別として、他人を犠牲にしても平気だから……。

〔みんなのための大きな目的に沿っているのかどうか。外れたら改める〕

〈競争はホドホドに。重脳主義を改めて、頭の競争ではなく心の競争を〉

○物の豊かさの元となるのは、経済・技術・軍事などの力であり、その源となるのが頭脳なので、心より頭として、心は邪魔、心不要となる。すると、

○競争の勝者に従い、建前を使って心を殺し、

○重脳主義で心を育てず働かせず、人

地球、未来、みんなが幸せになること、それが我が社の目的

自分・自社の幸せが、みんなが幸せになることにつながるのか確かめてみる。

としての基本の心を失い物化して、おかしいことでもおかしいと感じず、優しさ・温かさを失い冷たい人冷たい社会となっている。だから、
〔物の豊かさではなく心の豊かさを競争し、競争してもホドホドにして、歯止めをかける〕
従って、
○物中心、物の豊かさを求めて、
物・金・経済・地位・高給を求める生き方から、心中心、心の豊かさを求めて、友情・あわれみ・慈悲・助け合い・感謝感激・感応感動する生き方へ、すなわち、
○早く早く多忙に追われる生き方から、のんびり・ゆっくり・マイペースの生き方にする。そして、○目先を追わず、未来を考え、○利己から利他へ、自分だけの目的ではなく、

競争はホドホドに
譲り合いの競争を

競争はホドホドに

みんなの目的を目指しての自分の目的を追う行き方、目的を持つ行き方へ改めるべきであり、○頭と力による奪い合いの、二十世紀型の、地球がいくつあっても足りない競争の、男性中心の行き方から、命を生み育み、命の重さを知り、生きものの命、地球の命を大切にする、女性が力を発揮する女性中心の社会に改めてはどうですか、ということです。

そして、こうなるのは、物という見えるものしか認めず、見えない確認できないものを軽視する物質文明から生じているから、

〈見えないものを見るように努めること〉

○見える表面だけにとどまらず、見えない心を反省するなど、

〔皮相的にならず、本質まで深く考えるようにすること〕

○神や魂を認めないから万物皆兄弟とせず、経済のために平気で命を殺せるから、不必要最大限な暮らしをしているし、

○そうなるのも、人の本質は肉体としているからだし、

皮相的・表面的な見方から、深く本質を考えるような生き方に。

○考える葦である人間が一番偉くて強いという、人間中心、強者中心の重脳主義から来ているし、そうなるのも、自分の力で生きていると思っているからなので、

〔何に生かされているか、見えない所まで考えてみる〕

〈強者に従わず自然に従うこと〉

○便利・快適・進歩発展に囚われ、それらを可能にしてくれる物を求めるから、自然のままでは不便・非効率・不経済として自然を否定し、便利な人工物を開発しています。だから自然を征服せず、

〔自然に従い自然と一体化するようにする。少なくとも、自然の許す限りに抑制し、便利さ・進歩発展追求は、ホドホドにする〕

　つまり、人間中心、自然を征服・支配する生き方を、自然中心、自然に従う生き方に。

○強者を主役として、強者に従い自由を奪われる強者中心の

男性中心から

女性中心へ

生き方から、天に従って、各々が主役として独立して自由に生きる自由な生き方に。
○強者に合わせ、自分を殺す生き方から、他人にどう評価されようとも、自分に納得のいく、本当の自分の生き方を。
○同じ仲間、同じ兄弟として、みんなで仲良く、楽しくという神の指示に従い、神様を目指す生き方を。
そして、頭を使うとセットされたプログラムで、強者に従い良心や自然に従わないのだから、〔頭で考えるな、心を使い心で感じたように行動しろ〕
すなわち、
○心が感じた直感で行動すること。
○頭→理屈→力は男性の特徴、直感→心→愛は女性の持ち味だから、今の命軽視の競争社会を命重視の共生社会にするには、命の尊さを体得した女性中心に、
〔女性をトップに女性が直感したものを、男性が実行する〕
ようにする。なぜなら、直感は神の支持を受けたものであり、私達は神の子を目指すべきだから……。本能・直感を蔑み、頭偏重の結果が逆さまな世になっているから……。
などなど、
○西洋二元論の生き方から、一元論の大和魂の生き方に改めた方がいいのではないでしょうか。

ところで、下山または登山で藪に迷い込んだ時、せっかくここまで来たのだからと、そのまま進みますか、それとも戻りますか。

生き方もこれと同じで、おかしいと気づいても、せっかく獲得した地位・高給・肩書きに囚われ、権威のある人ほど誤りを認めず、事実を曲げたり隠したり、捏造してまで改めようとしません。なのに、そんな強者に従うから逆さまになるのであり、「誤りを改むるにはばかること勿れ」と言うように、気づいたら改め、気づいても改めない人に従って、自分の一生までも台無しにする必要はありません。逆さまと気づいても下山し続けたら、遭難死は避けられないでしょう。

以上まとめても、理屈や観念論になって、実行はイマイチとなるだろうから、食性に合った、旨くて簡単『雑穀粒粒クッキング』（創森社）の提案です。副食に雑穀使えば、旨くて元気で、嬉しく楽しくイキイキワクワクとなり、生き方、価値観も変ったと、筆者の大谷ゆみこ氏も言っています。食べ方を楽しく変えれば、世の中イキイキ輝くでしょう。だから訴えます。

《旨くて簡単、雑穀食で生き方変えよう！》（一七八ページ参照）

総括

〈物・金・経済も必要だが、囚われず他の手段も〉

常識に囚われず、おまけに素人ゆえに固定観念に囚われず済むから、常識離れした結論、信じてもらえぬ結論になりました。

でも、世が逆さまだから、無理に常識に合わせる必要はなく、いずれ常識の方がこちらに合うようになるでしょう……。

とはいえ、現実の社会のルールで動いているのだから、逆さまといえどもそのルールを使わねばなりません。でも逆さまと自覚するのとしないのとでは、月とスッポン。自覚さえしていれば、たとえ今は逆さま、方向が間違っていようとも、いずれいずれと改める準備もできるでしょう。そうすれば、良いと信じて一生懸命悪い方に努力するようなことはしないでしょうし、物や経済は、目的ではなく、数ある手段のうちの一つにすぎず、手段のために大切な目的を犠牲にする今の生き方のおかしさに気づき、改める気にもなり、その準備もできるでしょう。

ともあれ、物や経済は一つの手段です。みんなで仲良く、幸せな暮らし・幸せな社会を実現するための、一つの登り口です。その登り道が今、六百六十六兆円の借金で崩壊しているのに、この道を確保することが目的と勘違いするから、真の目的が判らず、物・金・経済に囚われ、地球や未来、子の身心まで壊すのです。囚われなければ、別の道も探せるでしょう。

〈みんな神様仏様〉

人は裸で生まれ裸で死んで行きますが、生まれた時は天使にたとえられ、天からの授かりものと言われ、死ぬと仏様になります。

人生の両端が、神の子・神様仏様で裸というわけですが、本当はその中間の衣服をつけた人生も、神様仏様のはずです。

それなのに、それを忘れ、そう自覚せず、思い出さず、目指しもせず、その上、この世を、みんなで仲良く、という分かち合いのパラダイスにせず、競い合い、奪い合う逆さまな世にして、そんな生き方に染まって鬼になっているだけで、本当は神様のはずです。

ただ、現実の社会が良心にはあまりにも過酷な、逆さまな環境になっているから、ウロコとか鎧《よろい》とか言われる衣服をまとわずには生きられないだけで、本当は神様仏様ですから、自覚するだけでも、そう目指すことが決して異でないと分かるはずです。ぜひ自覚を。

〈**神であることを忘れさせる今の生き方**〉

元々、この世は一元論、人間さえいなければ一元論の愛の世界です。それを人間が力を用いて二元論化させていて、法と正義などと、力を振りかざさないと世界平和が守れないような口実で、強者が力で世界を牛耳って二元論化しているのです。即ち、天に従う自然のパラダイスを、強者が支配する人工のパラダイスに変えようとしているのです。

でも、人工は自然のように万物のためを想わない不完全なものだから、一部の強者が大多数の弱者を、感じないくらい少しずつ害して大儲けする、一部の強者のための、あるまじきパラダイス、逆さまなパラダイスにしているのです。

そんな強者が、弱者たちに便利・快適・地位・高給、豊かさ・進歩発展などの褒美を用意し、競わせて神の子であることを忘れさせ、自分たち強者に従うようにしており、**私たちがご褒美につられて、天に従う神の子であることを忘れているだけ**です。

ともかく、見えない神や魂を認めず、見えない心より見える物を重視して、人間の本質は心ではなく肉体とするし、見えない自然の掟を無視して自然に従わず、自然の秩序を無視する人工の秩序を作り従わせるのが、今の物質文明によるライフスタイル、二十世紀の生き方です。

ケネディやモロ、※ダイアナ妃やグレース妃を暗殺しながら、その真相究明をさせず、米英仏という**最強の民主国家を操るほどの悪の枢軸が、裏から牛耳っている**のが今の世界です。力で競う限り、ブッシュ大統領でさえ操っている彼ら黒幕に、逆に従わされ奴隷化され利用されるでしょう。

こんな、力による競争で神であることを忘れ、逆さまな世にしているのだから、今の二十世紀型のライフスタイルを、愛中心の二十一世紀型に改めた方がいいと想います。

※ダイアナ妃は事故？　殺された？　どっち？　なぜ不自然な点が多いの？　ダイアナ妃が命を懸けて告げようとしたことは何だったのか、マスコミは真相を明らかにすべきでは？　でも絶対に握り潰します。悪の枢軸に汚染された上層部が。

〈みずゞで変えよう、二十一世紀の流れを〉

日本には昔から、神や魂を認め自然に従う大和魂の日本文明があり、悪の枢軸に染まっていない人もいると思われます。

そして私たちも、まだ花鳥風月をめでるように、自然に従いやすい条件は残していると思います。だから今から、おのおの自然に従い、みんなで仲良く、楽しく、幸せにという、神の指示に従い、神様仏様を目指して、みんなで分かち合う生き方にしてはどうでしょうか。

私たちは必ず死に必ず仏様になるのだから、付焼刃ではなく、今からそうなるように目指してもいいのではないでしょうか。

私たちは親である自然や、自然が生んだ兄弟である万物によって生かされています。

親である自然の、掟、秩序に従い、万物にただひたすら※感謝すれば、大和魂・大和心もつき、更に他を喜ばせることに終始すれば、仏様のような人になり、みんなのために利他を尽くせば、神様仏様と言われても遜色ない人になるでしょう。

これ、難しいことですか。難しくても自覚すれば、力による奪い合いから愛による助け合いに、**方向転換できるでしょう。**

少なくとも、みすゞの歌に感動して相手の立場に立つようになれば、神様仏様に向かって歩み出せると思います。みすゞの歌や心が広まれば、力の世界に逆戻りした二十一世紀を、愛と希望と光の二十一世紀に変えられると思います。

変えてください、未来のために、子供達のために。

※ありがとう、ありがとうと常に感謝すれば、法律がなくとも自分を律する克己心もつき、人としての基本を身につけるでしょう。

附記Ⅰ　呼びかけと照会先

悪の枢軸の手先となったブッシュ大統領は、オリンピックさえも力を誇示する場に利用し、せっかくの二十一世紀を戦争の世紀に、時計の針を逆転させています。

そうでなくとも、心と愛が不足し求められる時代に、矢崎節夫さんの功績は大きく、愛と心の童謡詩人と言うべきみすゞの心がみんなに伝わり、二十一世紀が愛と心で共生と調和の世紀になってほしいと願います。

〈広げませんか、みすゞ〉

そこで少しでもそうなるように、多くの人がみすゞの歌に接することができるように、みんながおのおの、何かやりませんか。

そんな一例を記しますので、みなさんがおのおの工夫して、何かやってみてください。

①一編展示。毎日みすゞの歌に接することができるように、家の内外、職場、商店、病院、学校などの掲示板や壁、トイレ、廊下などに、好きな一編を貼って展示する。一週間なり十日なりで差し替えする。

②感想文など回収できたら、それもまた掲示したり、ノートに貼っておのおの感想を書いて回覧したり、集まって話し合うなど、みすゞを介して仲間になれるかも……。
③すると、みんなで会場を借りての展示会や、生誕百年祭をやるなど、仲間で何かやったら面白かろう。
④仲間ができたら、みすゞに限らず、みんなで何かやることもできる。

〈何でもいいから自分達でやろう〉

私たちは、建前社会でいつの間にか、強者のプログラムを頭にセットされているし、強者に雇われる人が大半なので、自由に判断できず何事も強者に合わせ、強者と同じものさし、同じ頭で判断行動するので、本当の自由がありません。

いちいち、強者寄りの空気や常識に照らし合わせ、強者の許す範囲内の言動に抑える習性を身につけてしまって、その範囲内の自由を本当の自由と勘違いしています。

その強者が、神・自然を征服する西洋の最強の黒幕に従って、おかしな世になるのだから、まず私たちが強者への隷属をやめ、天に従って自由になるべきです。

ともかく、強者に従い自由に行動できないのだから、逆に自分たちで自由に何かやることが、強者に従い強者に操られる物や家畜の如き今の自分を、本当の自由な自分に戻すことだと思います。

それゆえ、何でもいいから自分達で何かやることが自由への第一歩だと思うので、是非何か自分達の手でやってみて下さい。

次に、本文中の照会先です。

《糖尿の件》

糖尿を治す方法は多々ありますが、三つを紹介します。いずれも、自分の病気は自分で治すという、一元論を基本にするものです。

〔国際自然医学会〕〔お茶の水クリニック〕

血液学者森下敬一博士が主宰する。万病一元、血液が病気の源、という野口英世の流れをくみ、血液の質が体質を作り、それが悪ければ病気になり、良くすれば治る、浄血こそが根治療法と、「食事で治らぬ病気は医者でも治せぬ」という医聖ヒポクラテスの教えを実践する所。

その食餌療法で万病を治し、考えられぬほどの実績を上げるので、二元論の今の医学会から嫌われ、弾き出された。だから健保も使わせず、異端児扱い。だからガンをはじめ万病がよく治る所なのです。

東大病院・順天堂大病院など、林立する大病院の狭間にあり、そこで見捨てられた患者が来て治るのだから、初めから行けば完治率は一層上がるはず。でも、なぜか幻想に期待して大病院に行くのが常なので、早く見捨てられた方が勝ちです。

見捨てられて初めて、最高と信じていた正統医学が無力だと知り、他に耳を貸すから。

会員は、月刊会誌『自然医学』で学び、予防に努めています。『自然医食のすすめ』『浄血すればガンは治る』など、博士の著作多数。

〒一一三―〇〇三三　東京都文京区本郷一―七―三　唐木ビル三F
電話〇三―三八一四―六六二二

〈自然医学綜合研究所〉

浄血したきれいな血液を、骨盤調整で隅々の細胞まで流してやれば、すべての病気を自分の血液が治してくれる。それは十年で約百五十種の病気、千五百名の完治例が証明しているから、特にヘルニア・ガンなど、**切りたくない人**にはまたとない所。

ガンでも何でも、待合室で患者同士が治療経過状況を話し合うので、明るく安心。

自己療法を指導するので、遠隔地の方も、一度診てもらうようお勧めします。

〒四六八―〇〇〇二　愛知県名古屋市天白区焼山一―一〇一東山イーストC２０１号

電話〇五二—八〇一—七〇六三

http://home7.highway.ne.jp/nrt/

『自然治癒を科学する』（大沼四廊著／千草書房）

本書の中の多数の症例と治癒理論を見れば、この理論と治療法が普及することにより、医療費半減、健康社会の実現可能なことが分かる。また、研修制度もあるので、誰でも意欲さえあれば、天の医者になる道が拓ける。みんなが天の医者になれば健康社会に向うだろう。

〈株式会社　自然食ニュース社〉

全国主要都市を巡回して、成人病・糖尿病対策健康セミナーを開いており、目からウロコの糖尿完治理論と、実績が判るので参加を。糖尿の資料は、二百円切手同封で頼めば送ってくれます。

（セミナーの日時・場所等の問い合わせ先）

〒一五三—〇〇六三　東京都目黒区目黒三—九—七　電話　〇三—五七二五—二六五八

『ミネラル健康法』（仙石紘二著／リヨン社）　糖尿病がなぜ治るか詳しく分かります。

《その他》

〔ネットワーク「地球村」〕

常識外れの本書は、今はほとんどの方に受け入れられないでしょう。でも、「分かった。ではどうする？」となると、私の力の範囲を超えるので、以上の団体のほかに、日消連、特に、「みんなが幸せになる社会」に、本気で取り組んでいる、ネットワーク「地球村」にお任せするほかありません。

125頁のように地域地域で、日常生活問題を肴に楽しく話し合いながら、解決法を探しているので、お近くの地域「地球村」に一度遊びに行ってみられることをお勧めいたします。詳細は左記にお問い合わせください。

ネットワーク「地球村」
〒五三〇―〇〇二七　大阪府大阪市北区堂山町一―五大同大阪ビル３０１号
電話　〇六―六三一一―〇三〇九
http://www.chikyumura.org
E-mail office@chikyumura.org

今まで、死ななくても済むのに、権威や大病院を信じたために、手術や薬石の効あって死んで行く沢山の人を知りました。でもそれらを信じている人には、何を言っても無駄でした。

そこで、強者に上手に騙されている今の社会機構をあらかじめ知って、上手に殺されないようにしてほしいと、これらと、消費者のための日消連の応援団になりました。事実を知らないと、だまされても気づかないから……。

国や自治体にとって、企業は大きなスポンサーだから、どうしても彼らに不利な情報は遠慮しがちで、必然的に、常識がおかしくなりがちです。その結果今の社会では、シミガン・糖尿・エイズがそうであったように、常識を悪徳企業が都合のいいように作り変え、常識通りに暮らすことが彼らに操られて損をする、しかし常識自体が間違っているから、損とも何とも感じないようにされてしまっています。

カツオのイラストや写真を大きく書き、いかにも鰹を使っているかのように見せる風味調味料。紅花畑を背景に、いかにも山形産らしく見せるCM。ひどいのは、「非加熱製剤でも安心」とした殺人的常識の作り変え。

それが今、「糖尿は治らないから一生上手に付き合うように」などと間違い常識のままにして、一生病院にかからせ、次々に合併症を患わせて、一生お得意さんにしています。

私たち消費者が知らぬがゆえに、皆で広く薄く損をし、その分、特定業界が潤います。

問題は、単に金銭的な損害だけではなく、我が身や子や孫の身体にまで害が及ぶことです。

これを防ぐには、真実の情報を得る努力が必要で、それが可能になる団体として、次に「日本消費者連盟」を紹介しますので、ぜひご利用ください。


〈日本消費者連盟〉


『今日ほど人間の命が粗末に扱われ、カネ儲けや権力のために、まるで紙クズのように使い捨てられている時代はありません。

尊い人の命が、一握りの人間の欲望を満たすための道具にされていいのでしょうか。

私たちは、腕力や知力、身分や財産のために差別されない、自由で平等な、人間の尊厳が、最高に守られる世の中を、みんなの力で造りあげようではありませんか』

これは日消連発足の時の呼び掛け文です。以来、連盟のスローガンは、

「すこやかな命を、子や孫の世代へつなぐ」

となっています。

連盟の目的は、人間が人間らしく生きるために、経済的、社会的法律的に差別のない社会の

実現を目指して、消費者の立場から、国際的視野に立って、次の目標を追求して行くことを目的としています。

(1) 生命の安全と健康の増進の確保。

(2) 消費者の権利が守られる制度の確立。

(3) 経済的不公正の排除と物価の安定。

消費者運動＝物価値上げ反対運動だと思われますが、日消連は、命を守る運動を地道にやっているホンモノの団体で、事実を事実として伝える数少ない団体です。

そのために、

①すべての活動資金は、消費者自身で出し、ヒモツキは一切取らない。

②男性も参加できる（三分の一は男性）。

③政治的には、超党派という団体にし、

(1) 企業や行政の、消費者無視の行動は、ビシビシ指摘して改めさせる。

(2) ありのままの事実を伝える機関誌を発行する。

というやり方で、数々の問題点の指摘・改正をやってきて、企業や社会の悪弊を排除・改善してきました。

中村主水ほどではありませんが、悪徳企業に怖がられる必殺仕事人的存在であり、消費者のための、本当の情報が得られる数少ない団体の※一つだと、私は思います。

新聞、テレビは広告費で運営され、企業がお得意様です。行政にも企業は大きな納税者、スポンサーです。

情報はスポンサーのために流されます。行政さえも、企業に不利な情報を遠慮して本当のことを流さないのは、企業がスポンサーだからです。

本当の情報、消費者に隠された消費者に不利な、消費者のためになる情報を望むのなら、スポンサーとなって、自分からお金を出し機関を育てるべきで、タダの情報には、どんな下心があるか判りません。

消費者の手で、消費者のための情報を流す日消連に、あなたも参加してみて下さい。そうすれば、私たちがいかにていよく騙されているか、あきれた実体に驚くでしょう。

〒一五二―〇〇〇二　東京都目黒区目黒本町一―一〇―一六
電話　〇三―三七一一―七七六六（案内資料請求は二百円切手同封で）
＊他に「週刊金曜日」や「日本子孫基金」もご利用ください。

附記Ⅱ　参考資料

素人の私を出版に挑戦させたのは、会員になって知ったネットワーク「地球村」の資料の、インディアン首長の大統領への手紙でした。

ぜひ、多くの人に、彼らの考え方を知ってほしいとの想いでした。

その根っ子は、みすゞと同じ一元論なので、「地球村宣言」（ビジネス社）より他の一編と併せて紹介します。

まず、モントリオール宣言から。

○モントリオール宣言（一九九二年）

「開発の終焉と地球の再生」

（この会議は、ブラジル地球サミットの一カ月前、「永続可能な社会」をテーマに開かれ、深い討議後、本質的な結論を得た）

この宣言は、傷ついた自然の保護でもなければ、ルネッサンスでもない。

我々は、生存のために転機が必要である。それは西洋文明の武装解除と開発の終焉、自然と文化の再生に向けて、明確な一歩を踏み出す事が不可欠である。

今や、開発は地球の調和にとって逆効果であり、大きな誤ちであった事が明らかとなった。

開発は、南北のギャップを埋めると言われたが、実際にはギャップは拡大し、深くなった。

開発は、すべての国にユートピアをもたらすと言われたが、今我々は有限の地球にそれが不可能であることを知っている。

開発は、地球上に単一文明を築くことにより、多くの文化の危機を招いた。

それゆえ我々は、開発の終焉を要求するとともに、世界の人々が開発の嵐の後の再建に参加する事を呼びかける。

それは、伝統的な智恵と新たな智恵の融合によって「永続可能な社会」を建設する事である。

その具体例として、まず最初に達成すべきゴールについて述べる。

(1) 先進国の開発プロジェクトで発生した途上国債務の帳消し。

(2) 先進国のGNPを一九六〇年レベルに抑制。

(3) 石油の無制限な消費の抑制。

(4) 十年以内にすべての原発を停止できるよう、電力消費を削減。

(5) 自然環境と調和する地域社会「地球村」を支援する教育への転換。
(6) 不公正な開発の停止。
(7) 地域文化の保護、異文化との対話。NGOの支援、地域共同体作り。

(以上が、世界の科学者たちの宣言です。日本の常識とかけ離れていますが、私たちは日本サピアンの中で、周りがくすぶっているのに、のんきに景気という美酒で酒盛りをやっているようなものです)

○インディアン首長シアトルの、アメリカ大統領への手紙(一八五四年)

訳/高木善之

(現在のワシントン州全域に住んでいたインディアン・スカミッシュ族の首長、シアトルは、大統領に手紙を送った。

当時、白人はアメリカ全土の収奪を目指して、先住民であるインディアンを全滅させるため、暴虐の限りを尽くしていた。今からわずか百五十年前のことである)

大統領から、我々の土地を買いたいとの申し入れがあった。ありがたいことだ。
なぜなら、大統領には、我々の意志など本当は必要ないのだから。

しかし、我々には分からない。
土地や空気や水は、誰のものでもないのに、どうして売り買いができるのだろう。
土地は地球の一部であり、我々は地球の一部であり、地球は我々の一部なのだ。
この土地を流れる水は、祖父の血であり、水のさざめきは、祖父の声なのだ。
川は兄弟であり、我々の渇きを癒し、カヌーを運び、食べものを与えてくれる。

もしもこの土地を売ったとしても、水の語る一つひとつが、我が民の物語であることを、
記憶に止めなくてはならない。
川は、我々の兄弟であるとともに、あなた方の兄弟なのだ。

白人の土地には静かな場所がない。
若葉がそよぐ音も、虫の羽音も聞こえない。

生きものの声が聞こえない人生など、生きる価値があるだろうか。

我々にとって空気はかけがえない。
なぜなら生きもの、木々、人間、すべてが同じ空気を分かち合っているからだ。
もしもこの地があなたのものになったとしたら、このことを記憶に留めよ。

無数のバッファローが面白半分に殺された。
すべての生きものを殺し去ったとき、人間が死ぬだろう。
他に降りかかった事は自分にも降りかかる。
すべてはつながっているのだから。

すべての生命は一つの織物である。
それを織ったのは人間ではない。
人間も一本の織り糸に過ぎない。
生命の織物に対してすることは、自分自身に対してすることなのだ。

大統領は我々に、「居留地」に行けという。

我々には、自分の残り少ない人生をどこで過ごそうが、もはや問題ではない。

子供たちは、父親が殺され、母親が辱められるのを見てきた。


まもなく、かつての栄光のものたちは、地上から姿を消すだろう。そしてその民の死を悼む者たちもいなくなるだろう。

しかし、それを悲しむ必要があるだろうか。

人は誰でも生まれては死ぬのだから。


白人さえ、この運命には逆らえぬ。

白人と我々は兄弟なのかもしれない。

白人にもわかるときが来るだろう。

我らの神と白人の神が同一だということを。


土地の所有を望むように、白人は神さえ所有しているつもりかもしれないが、それは不可能なこと。

神はすべてのものの神。そのいつくしみは、すべてに等しく注がれている。

大地を害すれば、必ずその者は滅びるだろう。
なぜならそれは、神を冒涜することに他ならないから。
大地を害すれば、白人もまた死に絶えるだろう。
もしかすると、他のあらゆる部族より先に……。
森はどこに行ってしまったのか？
消えてしまった。
鷲はどこに行ってしまったのか？
消えてしまった。
生きものに別れを告げるということは、何を意味するのか？
それは生きることの終わりなのだ。

この申し入れに同意するとしたら、それは最期のひと時を過ごす場所を、手に入れるためなのだ。

この地上から我々が消えても、大地は我が民の魂を抱いていてくれるだろう。
なぜなら私たちが、この母なる大地を深く愛しているからだ。
我々が残された時をどこで生きるか、もはや問題ではない。
子供達は、父親が殺され、母親が辱められるのを見たのだ。
辱められた民は、長くは生きられない。

しかし、我々がこの土地を去っても、この土地を愛してほしい。
我々が手塩にかけて愛したように愛してほしい。
この土地を手に入れたときそのままに、その土地の思い出を心に刻んでほしい。
力の限り、智恵の限り、情熱の限り、子供達のためにこの土地を守ってほしい。
神が我々を守るように……。

我々は知っている。

我々の神はあなた方の神と同一である。
白人と言えども、この共通の運命から逃れることはできない。
我々は兄弟なのだ。
いずれ分かる時が来るだろう。

おわりに

みすゞの歌をどう受け取るか、それはその人次第であり、人それぞれ違う感じ方があるのであり、私の場合は本書のように受け取り、ライフスタイルを改める素地作りに利用させてもらいました。

そして、今の社会をどう感じるかも、その人の心次第だから、私の場合は、今の社会をまともと思う人が多いから逆さまな社会になっている、と思うだけのことです。

だから、そんな見方もあるのか、ぐらいにとっていただければいいわけで、要はこれを機会に、今の社会や人間中心の生き方、幸せや生きる目的など、日頃忙しくて考えない基本的なことを、おのおのが**一度ゆっくり、自分の頭で考えてもらえれば**、これに勝るものはありません。

何しろ、皮相的・表面的見方しかしない今の生き方では、そんな基本的なことは、考えようともしないのですから……。深く考えないから、おかしな世になっていても、おかしいとは感じないのですから……。

ところで、普通、主張したり本に書いたりする時は、大抵成功体験を取り上げるようですが、私の場合、妻子をいい加減に扱って家庭を潰し、だまされて借金をつくるなど、失敗を考えてゆくうちに、一・二元論に至ったもので、頭で考えた理屈であり説得力がありません。

だからこれも、こんな考えもあるのか、ぐらいに受け取っていただければ幸いです。

しかし、一・二元論という見方をすれば、この世が**見事に秩序立てられている**ことが分かるでしょう。

そして、未知の分野のようなので、これを土台として調べてゆくと、きっと、見えない自然界の原理や秩序などが分かり、物事は単なる偶然で起こるのではなく、起こるべくして起こる法則を見つけることができるでしょう。みすゞはそんな法則を感じ取っていた、と思いますが、それを若い方々に見つけていただきたく期待します。

そして最後に、いつもいろんなジャンルのゲストから様々な話を引き出してくれる、ＮＨＫラジオの「イキイキ倶楽部」などの皆様の話よりいろいろ学ばせていただいたことに感謝すると共に、素人に出版の機会を与えてくださいました文芸社の皆様にお礼と感謝申し上げます。

同様に、多くの出版物から本書を選んで下さいました読者の皆様にも、山形から厚く感謝申し上げます。ありがとうございました、ありがとうございました。

《引用した詩の出典一覧》

露──金子みすゞ童謡集「わたしと小鳥とすずと」
叱られる兄さん──同右
かりうど──金子みすゞ全集Ⅱ「空のかあさま」
みんな好きに──童謡集「わたしと小鳥とすずと」
わたしと小鳥とすずと──同右「わたしと小鳥とすずと」
芒とお日さま──同右「明るいほうへ」
おねんねお舟──全集Ⅰ「美しい町」
蜂と神さま──童謡集「わたしと小鳥とすずと」
さびしいとき──童謡集「明るいほうへ」
失くなったもの──童謡集「このみちをゆこうよ」
つくる──同右
蓮と鶏──同右「明るいほうへ」
昼の月──全集Ⅰ「美しい町」
大漁──童謡集「わたしと小鳥とすずと」
犬──同右
ばあやのお話──全集Ⅰ「美しい町」
みそはぎ──童謡集「このみちをゆこうよ」
誰がほんとを──同右「わたしと小鳥とすずと」
星とたんぽぽ──全集Ⅱ「空のかあさま」
硝子──全集Ⅰ「美しい町」
いいこと──童謡集「明るいほうへ」
落葉──全集Ⅲ「さみしい王女」
お菓子──童謡集「わたしと小鳥とすずと」
しあわせ──全集Ⅰ「美しい町」
達磨おくり──童謡集「わたしと小鳥とすずと」
切り石──全集Ⅰ「美しい町」
不思議──童謡集「わたしと小鳥とすずと」
草の名──同右
海とかもめ──同右「明るいほうへ」
もくせいの花──同右「このみちをゆこうよ」
鯨捕り──全集Ⅲ「さみしい王女」
報恩講──全集Ⅱ「空とかあさま」
栗と柿と絵本──全集Ⅲ「さみしい王女」
秋のおたより──全集Ⅰ「美しい町」
鯨法会──全集Ⅲ「さみしい王女」
雪──同右

《詩名のみ紹介した詩の出典一覧》

麦のくろんぼ──金子みすゞ全集Ⅱ「空のかあさま」
墓たち──金子みすゞ童謡集「このみちをゆこうよ」

打ち独楽——同右
お魚——同右「わたしと小鳥とすずと」
楊とつばめ——全集Ⅰ「美しい町」
紙の星——全集Ⅲ「さみしい王女」
すずめの墓——全集Ⅱ「空のかあさま」
初あられ——全集Ⅲ「さみしい王女」
月のひかり——童謡集「このみちをゆこうよ」
夢売り——全集Ⅰ「美しい町」
家のないお魚——同右
やせっぽちの木——全集Ⅲ「さみしい王女」
あけがたの花——同右
夕顔——童謡集「明るいほうへ」
雪に——全集Ⅲ「さみしい王女」
土——童謡集「わたしと小鳥とすずと」
夜散る花——全集Ⅱ「空のかあさま」
花屋の爺さん——童謡集「明るいほうへ」
積った雪——同右「わたしと小鳥とすずと」
栗——童謡集「このみちをゆこうよ」
ながい夢——童謡集「このみちをゆこうよ」
花のたましひ——同右「わたしと小鳥とすずと」
草原の庭——同右「睫毛の虹」

金魚の墓——全集Ⅱ「空のかあさま」
巡礼——同右
二つの草——童謡集「明るいほうへ」
赤土山——全集Ⅱ「空のかあさま」
木——童謡集「わたしと小鳥とすずと」
土と草——同右
このみち——童謡集「このみちをゆこうよ」
北風の唄——全集Ⅱ「空のかあさま」
なまけ時計——全集Ⅰ「美しい町」
瀬戸の雨——同右
振子——全集Ⅱ「空のかあさま」
明るいほうへ——童謡集「明るいほうへ」
向日葵——全集Ⅲ「さみしい王女」
空の鯉——童謡集「みすゞコスモス」
見えないもの——同右「明るいほうへ」
お仏壇——全集Ⅱ「空のかあさま」
牛仔——同右

いずれもＪＵＬＡ出版局刊

著者プロフィール

橋沖　百亀（はしおき　ひゃっかめ）

本名・金沢啓修（かなざわ　けいしゅう）
1940（昭和15）年生まれ、熊本育ち。
三流会社で競争に敗れ、いいかげんな自営業で終わる。
これでは納得できない死に方では……と、
死に方見据えて生き方考えたら本書に。
一緒に考えて見ませんか、生き方を。

イラスト
津島 奈実　N.T
高田 陽子　Y.T
佐藤 智子　(T.sato)
星 こず枝　ほしこ
松森 香織　K.M

いつかはきっと一元論　みすゞに学ぼう、古くて新しい生き方

2002年11月15日　初版第1刷発行

著　者　橋沖　百亀
発行者　瓜谷　綱延
発行所　株式会社文芸社
〒160-0022　東京都新宿区新宿1－10－1
電話　03-5369-3060（編集）
03-5369-2299（販売）
振替　00190-8-728265

印刷所　株式会社フクイン

ISBN4-8355-4313-0 C0095